Manolito tiene un secreto

Seix Barral Biblioteca furtiva

Elvira Lindo
Manolito tiene un secreto

Ilustraciones de Emilio Urberuaga

© Elvira Lindo; Spoon River, S. L., 2002, 2013
© Editorial Planeta, S. A., 2013, 2020
Seix Barral, un sello editorial de Editorial Planeta, S. A.
Avda. Diagonal, 662-664, 08034 Barcelona (España)
www.seix-barral.es
www.planetadelibros.com

Diseño original de la colección: Josep Bagà Associats

© de las ilustraciones: Emilio Urberuaga, 2002, 2013

Primera edición en Biblioteca furtiva: enero de 2013
Segunda impresión: febrero de 2013
Tercera impresión: marzo de 2013
Cuarta impresión: abril de 2013
Quinta impresión: mayo de 2014
Sexta impresión: julio de 2014
Séptima impresión: octubre de 2014
Octava impresión: junio de 2015
Novena impresión: febrero de 2020
ISBN: 978-84-322-1424-0
Depósito legal: B. 9 - 2013
Compsición: La Nueva Edimac, S. L., Barcelona
Impresión y encuadernación: Huertas Industrias Gráficas, S. A., Madrid
Printed in Spain - Impreso en España

El papel utilizado para la impresión de este libro está calificado como **papel ecológico** y procede de bosques gestionados de manera **sostenible**.

No se permite la reproducción parcial o total de este libro, ni su incorporación a un sistema informático, ni su transmisión en cualquier forma o por cualquier medio, sea éste electrónico, mecánico, por fotocopia, por grabación u otros métodos, sin el permiso previo y por escrito del editor. La infracción de los derechos mencionados puede ser constitutiva de delito contra la propiedad intelectual (Art. 270 y siguientes del Código Penal).
Diríjase a CEDRO (Centro Español de Derechos Reprográficos) si necesita fotocopiar o escanear algún fragmento de esta obra. Puede contactar con CEDRO a través de la web www.conlicencia.com o por teléfono en el 91 702 19 70 / 93 272 04 47.

Para Elena Muñoz Vico,
porque me contagia la risa.

Dice la Luisa, mi vecina de abajo, que no es normal que no me dejen dedicar a mí los libros sobre mi vida, y que siempre tenga que ser la escritora quien le dedique mis historias a sus familiares y amigos. Dice la Luisa que, al fin y al cabo, ella (la escritora) lo único que hace es venir cada año a Carabanchel (Alto), pasar una tarde en mi casa o en la de la propia Luisa, merendar, y luego pasar a limpio lo que yo le he contado. Hay veces, dice la Luisa, que ni tan siquiera lo debe de hacer ella eso de pasar a limpio, porque trae un casete y lo pone delante de mi boca y luego, dice la Luisa, seguro que le da el casete a otra persona y esa otra persona es la que se encarga de pasar todo lo que yo digo en la cinta al ordenador. Y la escritora le paga a esa persona una cantidad sim-

bólica y encima ni la nombra en el libro ni nada en la sección de agradecimientos, y sólo es ella (la escritora) la que cobra. Porque, lo quiero decir para que quede bien claro, y porque me ha dicho la Luisa que las cosas hay que decirlas: yo no cobro nada por contar mi vida, porque los niños no cobramos porque no nos deja la Constitución. Bueno, a veces sí que cobro. Me dan una colleja o una galleta inesperada. Pero no cobro en metálico. Lo digo porque hay gente, sobre todo gente de Carabanchel (Bajo), que se cree que los García Moreno nos estamos haciendo millonarios con estos libros y lo va diciendo por ahí. Y claro, hay personas del pueblo de mi abuelo (Mota del Cuervo) que cuando vienen a Madrid llaman a mi madre para pedirle dinero; incluso hay niños en mi clase que me piden dinero en el recreo para comprarse un Crunch o un bollo de chocolate, y lo que yo les digo, que te lo compre tu madre. No te digo éste con lo que me viene.

Dice la Luisa que lo mínimo es que esa escritora, ya que no me da ni un euro del mucho dinero que dice la Luisa que se está metiendo en sus cuentas del banco en Suiza, que por lo menos me deje dedicar los libros a la gente que yo quiero. Así que voy a dedicar éste. Y claro, se lo tengo que dedicar a la Luisa la primera, porque si no se enfada y porque soy su heredero universal, como sabe todo el mundo en Carabanchel (Alto).

También se lo dedico al Orejones López, mi gran amigo (y cerdo a la vez), y a Yihad, porque me ha ordenado que diga en esta dedicatoria que es mi mejor amigo y que si no me da una sardinilla en cuanto me vea, y a Mostaza, para que se acuerde de mí cuando sea famoso, y a Paquito Medina, también, y a Melody Martínez, porque dice que si no le dedico este libro viene y me da otro beso en la boca (y eso sí que no).

También se lo dedico a mi abuelo, aunque él dice que por él no me preocupe, pero ya nos conocemos.

Y sobre todo se lo dedico al Imbécil, mi hermano, porque a partir de esta historia su vida va a cambiar para siempre.

Es más, a lo mejor tengo que dejar de llamarle el Imbécil...

Pero no quiero adelantar terribles acontecimientos. Como siempre, empezaré esta historia como a mí me gusta: ¡por el principio de los tiempos!

LA VERGÜENZA DE MADRID

El otro día, la *sita* Asunción entró en clase con una noticia muy grande que darnos. Se lo notamos nada más verla porque en vez de mandarnos callar a gritos como hace siempre, se sentó mientras nosotros terminábamos el recreo y se nos quedó mirando fijamente, la tía. Nos cuesta bastante acabar con el recreo, llegamos del patio a clase y todavía se nos han quedado unas cuantas collejas en el tintero para darle a nuestro compañero más querido y algunas sardinillas. Sardinilla es una torta rápida, como un latigazo, que se le da a un enemigo o, en su defecto, amigo, en esa parte del cuerpo llamada

culo. La sardinilla tiene un efecto quemador, y el que sufre la sardinilla se lleva la mano a esa parte del cuerpo llamada culo y dice *aichsss*; pero luego se recupera y sale corriendo detrás de ti, y más vale que te vayas al otro lado del Planeta Tierra, porque la sardinilla vengadora es terrible.

Normalmente, el que reparte collejas y sardinillas es Yihad, porque es el que manda desde que empezamos el colegio, en aquellos años en que no teníamos uso de razón; pero nosotros (yo, el Orejones, etcétera), «modestamente», como diría Paquito Medina, también repartimos algunas. Últimamente lo hacemos de la siguiente manera: te acercas a tu amigo del alma y le das una colleja al bies mientras dices:

«Taran tarateja... Colleja.»

Y tu amigo tiene todo el derecho del mundo a darte una toba en la frente mientras contesta:

«Taran taranrullo... Capullo.»

Yo le he contado este juego a gente de otros barrios..., vamos, no a mucha gente, porque fuera de mi barrio sólo conozco a la gente que sale por la tele; pero un día tuve la oportunidad y se lo conté a un niño que se sentó a mi lado en el autobús y que era de un barrio que se llamaba Aluche, y a ese niño concretamente no le hizo ninguna gracia. Me dijo que lo que ellos hacían en su colegio de Aluche era jugar al rescate, y cuando pillaban a alguien, en vez de agarrarlo, le pegaban un empujón para atrás y lo tiraban al suelo mientras gritaban:

«¡Y qué me importa si tu culo explota!»

El niño de Aluche se empezó a reír de una manera tan terrorífica que a la gente del autobús que iba amargada pensando en sus cosas le llamó la atención. Yo le tuve que decir que a mí concretamente lo que hacían en su colegio tampoco es que me pareciera de matarse de risa, y al final del viaje los dos nos despedimos con bastante educación —haciendo así un gesto con la cabeza—, pero pensando que a lo mejor tendríamos que viajar más, ir de vez en cuando a los barrios de al lado, como Aluche o Carabanchel Bajo, para poder entender a niños de otros mundos (mundiales) y compartir sus culturas.

Pues eso, que la *sita* aquel día entró con una noticia muy grande que darnos, pero no dijo nada; se sentó en su mesa, mientras nosotros nos dábamos las últimas collejas y sardinillas vengadoras de la mañana, saltábamos por los asientos y nos lanzábamos pelotillas de papel chupadas soplando por el canuto de un boli, cosas que, ya te digo, a nosotros nos hacen una gracia mortal (y a los de Aluche a lo mejor no). Y estábamos en esa actividad extraescolar, cuando Mostaza señaló a la *sita* y dijo:

—¡Mirarla! ¿Qué *la* pasa?

Y se oyó como un eco que decía:

—¿Qué *la* pasa, qué *la* pasa?

Y no era un eco, éramos nosotros, que también estábamos alucinados. La *sita* seguía a su bola, y eso que nosotros seguíamos diciendo: «¿Qué la pasa?» La *sita* nos lleva años advirtiendo que se dice «¿qué le pasa?», pero es que a los niños de Carabanchel Alto no nos sale decir «¿qué le pasa?», aunque lo intentemos con toda la fuerza de nuestras gargantas. Aunque mentalmente estemos pensando «¿qué le pasa?», cuando vamos a decirlo nos sale «¿qué *la* pasa?» ¿Y por qué nos pasa esto? Académicos de todo el mundo han intentado descifrar este enigma sin éxito. Allá ellos con su enigma. A nosotros los enigmas nos chupan un pie.

La *sita* parecía que no se daba cuenta de que

nos habíamos callado y la estábamos mirando con nuestras bocas abiertas, y que Mostaza la seguía señalando con el brazo levantado, que parecía la estatua de Cristóbal Colón, sin moverse, paralizado, sólo de vez en cuando sorbía la nariz para echarse los mocos para dentro, porque Mostaza casi siempre tiene unos mocos a medio caer, y cuando no los tiene es que ha conseguido metérselos durante un rato. La *sita* miraba al infinito y sonreía como si en vez de estar en nuestra clase estuviera ya jubilada dando vueltas por España en un autobús del Imserso, que dice que es lo que piensa hacer en cuanto nos pierda de vista.

No sabíamos si despertarla o dejarla vivir aquel sueño dorado. Al fin y al cabo, siempre habíamos soñado con un tipo de señorita así, una señorita que pensara en sus cosas mientras nosotros pensábamos en las nuestras. Pero como somos unos niños bastante complicados, decidimos despertarla.

Paquito Medina se acercó y dijo bajito:

—Señorita, señorita…

Pero nada, ella a lo suyo. Se echó a reír un poquito, como si alguien le estuviera contando alguna gracia. A nosotros esto ya nos empezó a dar un poco más de miedo. «¡Dios mío, ha perdido la cabeza!», pensamos todos superalunísono. Entonces Yihad, que tiene métodos más terribles de despertar a las maestras, cogió con todo el morro el pito que la *sita* lleva colgado de un cordón y pegó un silbido que a nosotros nos hizo correr hacia nuestros sitios como si nos hubiera saltado un resorte, y a la *sita* la hizo levantarse de su silla y mirarnos como si fuera la primera vez que nos tenía delante de los ojos.

—¡Así me gusta, delincuentes! —nos dijo, paseándose entre los pupitres, con una pinta de supergenerala y nosotros de soldados que van a ir a la guerra—. ¡Así me gusta, que no haga falta que yo os mande sentar para que os sentéis, que no haga falta que yo os mande callar para que os calléis, que no haga falta que yo os mande estudiar para que estudiéis! Mostaza, límpiate los mocos. ¡Niños del mañana, niños que sean el orgullo y el ejemplo de esta ciudad! Vosotros, delincuentes, erais, hasta hace media hora que empezó el recreo, la vergüenza de Madrid, pero todo esto se va a arreglar en los próximos 15 días.

¿Por qué?, nos preguntamos los unos a los

otros, porque a nosotros no nos importa ser la vergüenza de Madrid, ya estábamos acostumbrados.

—Os preguntaréis por qué vais a sufrir esa transformación...

Pues sí, nos lo preguntábamos bastante.

—Os lo diré. De aquí a 15 días os vais a convertir en los niños ejemplo no sólo de Carabanchel Alto, no sólo de Madrid, sino de toda España...

—¡Ooooohhhhh! —dijeron nuestras bocas a la vez.

—Dentro de 15 días vamos a recibir una visita muy importante, y tenemos que dar la talla. Habéis sido elegidos entre todos los colegios de Madrid para recibir una gran visita navideña...

—¡Los Reyes Magos! —dijo el Orejones, que a estas alturas ya ha escrito cinco cartas.

—¡Nada de Reyes Magos, que no tenéis en la cabeza más que caprichos y consumismo! Alguien más importante que los Reyes Magos.

—¡Los Reyes de España! —lo dijo Arturo Román, pero la verdad es que era lo que todos estábamos pensando.

—No, por Dios, dejaos de reyes, que no son re-

yes. Va a venir a visitarnos una autoridad muy importante.

—¡Clinton! —gritó Paquito Medina, que es el que más entiende de política internacional.

A nosotros nos pareció una buena idea.

—Sí, hombre —dijo la *sita* bajándonos de la nube—, no tiene otra cosa que hacer Clinton que venir a veros a vosotros.

—¿Pues quién? —dijimos.

—Os va a venir a ver… ¡el alcalde de Madrid! A ver, quién me dice cómo se llama el alcalde de Madrid —preguntó la *sita* con una sonrisa.

Se hizo un silencio aterrador y bastante sepulcral.

—Va a ser un trabajo duro —dijo la *sita*—. Pero juro ante Dios que os prepararé a fondo para que el alcalde nunca pueda olvidar esta visita.

EL OREJONES SABE RECITAR

La *sita* nos dio la charla. La *sita* a veces nos da clase y otras nos da la charla. Normalmente nos da clase, pero cuando nos portamos mal nos da la charla, o cuando quiere que seamos unos niños modelo. Entonces nos da la supercharla. Son dos cosas muy distintas:

A) Clase (las cuentas, nuestro entorno, la reproducción humana y de los rumiantes, los climas de la Comunidad de Madrid...).

B) La charla (sois unos niños imposibles; qué tranquilas estarán vuestras madres mientras yo estoy aquí; qué tranquila estaré yo cuando me jubile, que me voy a ir a un hotel de Benidorm en invierno donde no haya más que ancianos y parezca que los niños han desaparecido del planeta; la clase huele a chotuno; no te saques los mocos delante de la gente; no se escupe; no se dan portazos; no se pasan mensajitos de papel en clase; no se duerme en clase; no se ronca en clase...).

Son dos cosas muy distintas, pero el efecto que producen en nuestro cerebro es, como diría Paquito Medina, «prácticamente» el mismo, o como diría el mismo Paquito Medina, «la teoría del eterno retorno». Nosotros —el resto de la clase— no sabemos cómo llegan esas expresiones sabias a la cabeza de Paquito Medina, pero de lo que sí estamos seguros es de que es un culto. El niño más culto que hemos conocido. Según Paquito Medina, la *sita* (a la que llamaremos S por *sita* Asunción) expulsa unas palabras de su boca que llegan directamente hasta la capa de nuestros cerebros, los cerebros de D (D por delincuentes), y esas palabras que salieron de S y que luego están en la capa de los cerebros de D se supone que tendrían que traspasar la capa y entrar en el cogollo cerebral, como le sucede a la mayoría de la gente, pero no sabemos a qué fenómeno científico se debe, pero a nosotros se nos quedan las palabras encima de la cabeza y con cualquier golpe de aire, con que un niño abra una ventana, o que resople tu vecino de al lado, o simplemente porque sí, las palabras se marchan de tu cabeza y vuelven a la cabeza de la *sita* Asunción. ¿Por qué sabemos nosotros que vuelven a la cabeza de la *sita* Asunción?, se preguntará media España. Muy sencillo, respondo yo, porque la *sita* Asunción siempre nos da la misma charla y casi casi te puedo decir que la misma lección, porque casi todos los años damos la reproducción humana y la de los rumiantes y nuestro entorno vital y unas cuantas cuentas. Eso es lo que llama Paquito Medina, el niño culto, la teoría del eterno retorno, y me reconocerás, ahora que te lo he explicado, que tiene razones para ello.

Todo esto venía a cuento porque te decía que la *sita* nos dio la charla, nos dijo que no podía ser que unos niños de Carabanchel Alto no supieran cómo se llamaba el alcalde de Madrid, que iba a venir a visitarnos por Navidades, porque al alcalde le gusta visitar a los niños de la infancia en Navidad porque los niños le cantan villancicos y se visten de pasto-

res y al alcalde se le llenan los ojos de lágrimas. La *sita* nos dijo que ésa era una razón más que suficiente para suspendernos en Conocimiento del Medio, porque unos niños que no saben cómo se llama su alcalde merecerían vivir fuera de los muros de la ciudad.

—¿Qué muros? —preguntó Mostaza.

—Es una forma de hablar, que no entendéis nada, por Dios —dijo la *sita*—. Y suénate los mocos, que ya te llegan por el labio inferior.

—Es que no tengo clínex, *sita* —dijo Mostaza.

—Pues que te lo deje algún compañero.

—¿Quién me lo deja? —dijo Mostaza.

Nadie levantó la mano.

—Pero qué falta de generosidad y de compañerismo tenéis —dijo la *sita*—. Nada, hijo mío, tus compañeros no te dejan un clínex. Pues sórbetelos para dentro, que me estás dando el desayuno.

Y Mostaza hizo *nnnneeeeeeeessss* para arriba, y los mocos quedaron ocultos durante un rato.

La *sita* nos anunció que le daríamos la bienvenida al alcalde en el salón de actos, y que un año más tendríamos que ir disfrazados como seres vivientes del belén, pero que este año no valía que nos pusieran el traje de siempre, porque concretamente a nosotros, los niños de quinto, el traje de pastorcillo que nos hicieron nuestras madres en el primer curso se nos ha quedado tan chico que, cuando nos lo ponemos, los brazos se nos levantan para arriba de lo estrecho que nos está. Nos sale un poco de joroba, y con los hombros levantados y los brazos colgando, en vez de pastorcillos parecemos buitres. La *sita* dijo:

—Esos trajes pasarán a los niños más pequeños. Os tendrán que hacer uno nuevo. Vuestros padres tendrán que comprenderlo: no todos los días viene el alcalde a veros.

—Pero para qué le voy a dejar el traje a mi hermano —le dije yo a la *sita*— si mi hermano hace siempre de Niño Jesús.

La *sita* nos dijo que este año no habría Niño Jesús porque la dirección del colegio se había dado cuenta de que hacer un belén viviente con nosotros era imposible. Nos poníamos todos delante del portal de Belén y no había forma de echarnos para atrás.

—Incluso tú, Manolito, que ibas de árbol el

año pasado, y el Orejones, que hacía de pozo. Allí estabais, en primera fila los dos. ¿De cuándo se ha visto que un árbol y un pozo se planten delante del Niño, a santo de qué? Nada, este año todos de pastorcillos, y los de preescolar, de ovejas, y nos quitamos de líos. Le cantáis una canción al alcalde y le recitáis dos poesías y se acabó. Cuantas menos cosas hagáis delante del alcalde menos posibilidades hay de que metáis la pata. Yo os presento, salís los pastores, luego salen las ovejas, luego las ovejas se sientan alrededor de vosotros, luego cantáis la canción. Luego, dos niños superdotados recitan y en cuanto acaben las poesías desaparecéis por detrás del telón. Y os metemos dentro de las clases. Lo importante es que el alcalde no os conozca tal y como sois.

—¿Y quién va a recitar, *sita*? —preguntó el Orejones.

—Ya lo decidiré.

—Yo quiero recitar, *sita* —dijo el Orejones.

—Sí, hombre, ¿por qué tú? —le dijo Yihad.

—Porque yo sé recitar —dijo el Orejones.

—¡A ver, recita, listo! —dijo Mostaza.

El Orejones se levantó, tragó saliva y empezó a

recitar como si lo hubiera hecho toda la vida una poesía bastante emocionante, a mi entender:

Son las tardes del domingo
las que me gustan a mí,
son las tardes de partido,
cuando juega mi Madrid.
En un bar miran la tele,
y la radio en el taxi,
y en el campo se produce
el más puro frenesí
cuando uno de nuestros hombres
con potencia varonil
marca un tanto que levanta
del asiento a los cien mil
espectadores que han ido
a nuestro equipo a aplaudir.
Tras el gol toman aliento,
dejan del pecho salir
un grito que rompe el aire
de ese domingo febril:
Vivan nuestros jugadores,
la afición está feliz,
por defender los colores

de nuestro equipo, el Madrid.
Estamos tan encantados
que aplaudimos de perfil.
Hala, Madrid; hala, Madrid; hala, Madrid.

Dicho esto, el Orejones se sentó. Todos estábamos bastante impresionados: no sabíamos que el Orejones tuviera una afición tan grande por la poesía. Luego, por el camino a casa, el Ore me contó que dicha poesía se la había enseñado un novio que tuvo su madre el año pasado, que a todos nos gustaba, a mi madre, a mí, a mi abuelo, al señor Ezequiel, a casi todo Carabanchel Alto, pero que la madre del Ore tuvo que dejar porque el Orejones se estaba traumatizando a pasos agigantados, y se le notaba el trauma en que se dormía durante la clase después de comer. Yo también me duermo, pero la *sita* Espe, que es la psicóloga de mi colegio, dice que yo me duermo por vicio y el Ore se duerme porque por las noches no puede pegar ojo dado el trauma que tiene cuando su madre se echa novio.

—¿Has escrito tú la poesía, Ore? —le preguntó Mostaza.

—No, es de un autor desaparecido del que no

recuerdo el nombre —dijo el mentiroso del Ore, rojo todavía de la emoción con la que había recitado.

—Tienes muchas facultades, López, me has sorprendido —dijo la *sita*—. Claro, que tendremos que buscar una poesía de temática más navideña.

«¡Qué bien recitaba el Ore!», pensé. Y también pensé que nunca se conoce del todo a los amigos. Me dio un poco de envidia, la verdad, porque el Orejones es el único niño de mi clase que no me supera en nada, por eso es mi amigo. Y por una vez, tuve que reconocer que había algo que hacía mejor que yo.

LA OVEJA Y EL PASTORCILLO

La visita del alcalde iba a ser el último día de clase, el 23 de diciembre, así que nos quedaban sólo dos días para que los mayores nos hiciéramos el traje nuevo de pastorcillos y los pequeños el de ovejas. Al Imbécil hubo que consolarle porque se puso muy triste por no ser este año el Niño Jesús, a él siempre le gusta ser el protagonista de la vida: en mi casa, en su clase y en el belén. Pero mi madre se llevó una alegría bastante grande, porque el año pasado el calefactor que ponían detrás del pesebre se estropeó a mitad de la función, y el Imbécil, que sólo llevaba puestos los calzoncillos de Niño Jesús, se quedó bastante tieso, hasta dejó de mover el chupete, y cuando se acabó la obra de teatro del belén viviente y todos salimos a saludar y hacer reverencias a nuestros padres que estaban emocionados, el Imbécil ni se movió.

Mi madre subió al escenario para tomar a su nene del alma en brazos y cuando lo enseñó al público fue al que más aplaudieron, aunque el público y nosotros nos dábamos cuenta de que mi madre tenía cara de angustia porque el Imbécil se había quedado frío y blanco, menos en los mofletes, que los tenía rosas. Parecía completamente de cerámica. Parecía un Niño Jesús de la catedral de San Pedro, porque miraba al público con una sonrisa que no se le iba de los labios y tenía los brazos agarrotados hacia delante y estaba hiperparalizado. Le echaron una manta encima y se lo llevaron al ambulatorio; menos mal que al rato ya estaba en casa completamente redivivo. Pero ya te digo, el Imbécil pasa por todo con tal de ser el protagonista, aunque tenga que pasar por un principio de congelación: él quiere ser el centro del Planeta Tierra. A mí, a mi abuelo y a mi madre nos costó mucho tiempo convencerle de que ser oveja en un belén viviente también tiene su importancia. Al fin y al cabo, le dije yo, él tenía suerte:

—A ti siempre te ha tocado hacer de ser vivo, pero yo me pasé dos años haciendo de ciprés. Y mira el Orejones, que un año hizo de pozo.

Es verdad, el Orejones, Mostaza y yo fuimos cipreses durante dos años. Yo me metía bastante bien en la personalidad del personaje porque mi madre me pintaba la cara de verde ciprés, y yo, en cuanto me subía al escenario me ponía supertieso con los brazos pegados al cuerpo y con la cara mirando hacia el cielo, como si estuviera en pleno cementerio, y así me estaba superinmóvil todo el tiempo que duraba el belén, una hora; así que el último año, de estar tanto tiempo en la misma postura, me dio un mareo que me caí recto sobre Mostaza. Y Mostaza se cayó recto sobre el Orejones, y así nos quedamos, como los bolos, los tres tiesos y los tres apilados uno encima de otro. La gente nos aplaudió mucho, porque en los belenes vivientes tus padres te aplauden si te sale bien la actuación, pero si te sale mal te aplauden también porque les hace todavía más gracia. Los padres es que tienen a veces un ramalazo sádico que te pasas.

Como a la *sita* la gusta que todo sea perfecto, mandó al señor Marín, el conserje, a que nos recogiera del escenario, y entraron el señor Marín y el de gimnasia como dos camilleros del Samur, nos recogieron del suelo y nos llevaron al lavabo para reanimarnos.

El año pasado nos propusieron hacer de palmeras a los tres porque la *sita* dijo que era menos peligroso, que podíamos mover los brazos de vez en cuando como si nos moviera la brisa; pero nosotros no quisimos: primero, porque llega un momento en que hacer de árbol no te llena, y segundo, porque teníamos miedo a que los de nuestra clase nos llamaran mariquitas. Y es que si los de tu clase te ven haciendo de palmera te llaman mariquita, *descarao*. Conozco muy bien el ambiente en el que me muevo. Al Orejones eso no le importa porque él mismo dice que es bisexual, pero a mí y a Mostaza sí, la verdad.

«Vale —dijo la *sita*—, que hagan de palmeras las niñas.» Y lo hicieron ellas: Melody, Jessica la ex gorda y Alba Heredia, que dijo que su madre vende flores y plantas en la calle y que ella sabría hacer de palmera mejor que nadie porque lo lleva en la sangre.

Pero ya no volverán a hacerlo, porque movieron mucho los brazos y se menearon mucho, como si bailaran el *Aserejé*, y los mayores del colegio empezaron a silbarles y a llamarlas tías buenas, y la *sita* dijo que aquello era un belén y que a ver si se habían creído que estaban haciendo un número porno.

Como verás, hacer el belén viviente es una cosa que parece superfácil pero no lo es, ni mucho menos. Mi sueño en la vida es que cuando esté en el último curso me elija la *sita* Asunción para hacer de Rey Mago; pero con la suerte que he tenido hasta el momento, igual acabo siendo uno de los camellos; además, como tengo algo de chepa porque meto la cabeza dentro de los hombros, un poco al estilo de las tortugas, fijo que la *sita* piensa que yo de camello molo mazo.

Decía que al Imbécil le costó admitir que ya no iba a ser el Niño Jesús; yo le dije que las ovejas en un belén eran superimprescindibles. Es más, le dije, del Niño Jesús casi nadie se acuerda en Navidades; en cambio, a todo el mundo se le cae la baba con los grupos de animalillos.

—Además —le dije, ya harto de que no parara

de llorar—, no te quejes tanto, que podría haberte tocado algo aún peor: imagínate que te toca hacer de cerdo, como le tocó el año pasado a Yihad. Claro que a Yihad le chupaba un pie. Él aprovechó que hacía de cerdo con Arturo Román para estarse tirando pedos durante toda la función, que yo ya dudo si me mareé por lo superinmóvil que me había quedado haciendo de ciprés o por los pedos que me llegaban del cerdo de Yihad y también de Arturo Román, que es un copión y se los tiraba sin ganas, sólo por hacerle la pelota a Yihad.

En la tienda de telas nos encontramos con medio colegio Diego de Velázquez. Todas las madres comprando metros y más metros de tela de borreguillo para hacernos los zurrones, los chalecos, y también para hacer el traje de oveja del Imbécil y de todos los Imbéciles de su clase. A mi padre no le dijimos que todo ese gran preparativo era porque venía el alcalde al colegio, porque mi padre a este alcalde no le vota y no le gusta que le hagamos grandes preparativos a un alcalde al que él no vota; así que todas las noches que llamaba a casa desde la carretera no le decíamos nada del gran día, como le llamaba la *sita* al día de la visita del alcalde.

Cuando llegamos a casa, mi madre y la Luisa nos subieron a mí y al Imbécil a los taburetes del mueble-bar y allí nos tuvieron en calzoncillos probándonos los trajes y pinchándonos con los alfileres, que para mí que a veces lo hacían un poco aposta. Mi traje quedó chulísimo. No es por presumir, pero yo parecía un pastorcillo de anuncio de turrón. Y mi hermano parecía una oveja recién sacada del campo.

Cuando por fin acabaron los trajes del todo, mi madre y la Luisa se separaron un poco de nosotros y nos miraron con la ceja levantada y con una cara de gran preocupación.

—¿Estás pensando lo mismo que yo, Luisa?

—Lo mismo —dijo la Luisa.

Sin dar más datos, se acercaron otra vez y a mí me quitaron las gafas.

—¡Eh, que no veo! —dije yo.

—Da igual, cariño —dijo mi madre—. Muchos pastores de las postrimerías no veían como tú, y se tenían que aguantar porque en aquellos tiempos antiguos no existían las gafas, ni las lentillas; así que

lo siento mucho, pero te tienes que apañar como sea. Anda con cuidado. Además, como vas a llevar un bastón te puedes ir guiando como los ciegos.

Aquel ser borroso que veía delante de mí y que por la voz me parecía mi madre no tenía ninguna compasión.

—Es más —dijo la Luisa—. Yo también haría esto.

«Esto» era quitarle el chupete al Imbécil. Se acercó a mi hermano y le quitó el chupete de la boca. Al hacerlo se oyó *¡chup!*, porque el Imbécil lo tiene agarrado como una ventosa. El Imbécil se puso a llorar como un energúmeno, así que mi madre dijo:

—Da igual, Luisa, pobrecillo. Una oveja con chupete. ¿A quién le va a importar? Al fin y al cabo son niños.

Para que luego digan que no hay diferencias entre nosotros. A mí me quitaban las gafas sin compasión y al Imbécil le dejaban el chupete. Yo le dije al Imbécil que andará a cuatro patas para ser más superrealista, pero mi madre dijo que ni hablar, que aquella oveja andaría de pie para no mancharse la lana.

Salimos de casa: la Luisa y mi madre detrás de nosotros. Yo llevaba la mano encima del hombro del Imbécil y con la otra iba dando golpecillos al suelo con el bastón. Me servía de oveja lazarilla porque a mí me da como el superyuyu ir por la vida sin gafas. Yo y mi oveja lazarilla fuimos andando hasta el colegio, donde nos encontramos con miles de pastorcillos y miles de ovejas. El gran momento había llegado.

EL REBAÑO DEL IMBÉCIL

El Imbécil estaba superoculto en su traje de oveja porque mi madre le había metido gomaespuma dentro de la tela de borreguillo para que pareciera una oveja a punto de ser esquilada, y la cabeza también estaba tapada por un verdugo de borreguillo; sólo le había dejado un redondel para los ojos, la nariz y la boca, y como la boca estaba tapada como siempre por el chupete, la verdad es que al Imbécil lo distinguías por los ojos y por el mechón de pelo que le cae siempre encima de la frente. Los brazos le sobresalían sólo un poco del cuerpo de oveja, y de las piernas sólo se le veía de las rodillas para abajo. El pobre tenía que andar con las piernas y los brazos muy separados, y cuando bajaba algún escalón, pegaba un saltillo con los dos pies, porque mi madre le había hecho el traje de tal manera que no podía hacerlo si no era así. Bueno, qué digo mi madre, todas las madres de Carabanchel (Alto) lo habían hecho igual, porque así lo habían mandado las *sitas* de preescolar. Y las madres son como las ovejas, lo que hace una hacen todas.

Cuando entramos en el patio del colegio, las *sitas* nos fueron separando: pusieron a los ma/padres a un lado, a los pastorcillos/as a otro y a las ovejas/os a otro. Yo iba un poco despistao por el empeño de mi madre y la Luisa de quitarme las gafas para que fuera el verdadero pastorcillo de las postrimerías. El pastorcillo que sale en el anuncio del turrón. Sin embargo, ahí estaba Yihad, con sus diez pendientes en las orejas; Melody Martínez, con uno de sus chicles gigantescos haciendo pompas; el Orejones, con el gorro de pastorcillo muy arriba porque las orejas no le entraban (parecía un ruso moscovita más que un pastorcillo), y Mostaza, con sus pantalones de chándal con la raya fosforescente al lado porque su madre no le había querido comprar unos negros. Es que la madre de Mostaza tiene todavía menos dinero que la mía, y cuando la *sita* dijo que había que llevar el traje de pastorcillo «impecable», la madre de Mostaza le mandó una nota a la *sita* que decía:

«No me llega el presupuesto para comprarle al niño unos pantalones negros, y menos antes de las Navidades. Si ve usted que el grupo se estropea porque el niño lleva pantalones de chándal, me lo pone usted el último del coro y como es muy bajo casi ni se le verá. Pero no me lo quite usted de la función, por Dios, que al chiquillo le hace mucha ilusión.»

La *sita* no le quitó del coro de pastorcillo ni le puso el último porque Mostaza, y creo que ya lo he denunciado públicamente otras veces, es el niño que mejor canta de todo Carabanchel Alto. Para nosotros, los del Diego de Velázquez, Mostaza canta bastante mejor que Pavarotti. Algún día estará tan gordo como Pavarotti y cantará en los teatros de todo el mundo (mundial) y Carabanchel será famoso por ser el sitio donde nació Mostaza. Y vendrá a inaugurar una calle que se llamará calle

de Mostaza. Y yo saldré en la tele diciendo que fui el primero que creí en él cuando todavía era un niño diminuto.

Un día le conté a Yihad la historia futura de Mostaza y va y me dice que me fuera olvidando de salir en el telediario, que el que saldría en el telediario sería él. Y le digo yo: «¿Y por qué vas a ser tú?» Y me suelta: «Porque tengo más facilidad de palabra.» Y le digo yo: «Mentira podrida.» Y me suelta: «Pues saldré en el telediario porque soy el que manda y ya está.» Y como en eso lleva razón me tuve que callar, aunque el futuro de Mostaza me lo haya inventado yo con mi propio cerebro.

Susana Bragas-Sucias se había llevado para la actuación una bolsa de pinturas de fiesta, con purpurinas y pintalabios, y las niñas se la fueron pasando y se pusieron las caras de una manera que, en vez de pastorcillas de las postrimerías, parecían pastorcillas en el espacio. La verdad es que el único pastorcillo verdadero de la antigüedad era yo, un pastorcillo sin gafas y con dos colores rojos que me había pintado la Luisa en los mofletes, porque según la Luisa, que es muy histórica, en la antigüedad todos los pastorcillos tenían muy buen color, ya que se pasaban la vida en el campo.

En esas cosas estaba pensando yo, envuelto en mi mundo borroso, cuando sentí los codazos de varios de mis compañeros en el estómago.

—¿Qué pasa? —dije yo saliendo de mi mundo.

—¿Es que no ves que tu madre te hace señas? —me dijo el Ore.

Pues no, no la veía, claro.

—¿Y qué señas hace? —le pregunté al Ore.

—Pues que te hace así con la mano para que vayas.

De una carrera me pasé del grupo de pastorcillos/as al grupo de ma/padres.

—Manolito, hijo —me dijo mi madre—, que no distingo a tu hermano.

Yo miré al grupo de ovejas/os que estaba en un rincón del patio. Para mí, aquel grupo era como una nube, no distinguía ni las cabezas.

—Si es que no veo, dame las gafas.

Mi madre se las sacó del bolsillo del abrigo mientras le decía a las otras madres:

—Hace que no ve, pero sí que ve, ve más de lo que dice.

Me quitó el gorro y me metió las gafas a presión, con la goma detrás. Qué felicidad. El mundo volvió a ser como antes. Lo terrible es que, aunque ahora lo veía todo superbién, era imposible reconocer a nadie en el grupo de ovejas/os. Todas eran iguales, enanas, gordas y con unos bracillos y unas piernecillas saliéndoles de las bolas de borrego. Mi madre dijo:

—A ver si lo ves, es el que lleva chupete.

—Es que el mío también lleva chupete —dijo otra madre.

—Y el mío, y el mío —dijeron otras madres como un coro de madres.

Lo que a mi madre la fastidiaba era haberse matado haciendo el disfraz del Imbécil para luego no poder distinguirlo cuando se subiera al escenario con el grupo de ovejas/os.

De pronto sonó el silbato de la *sita* que anunciaba que teníamos que formar en el patio. Una fila enorme de pastorcillos y una fila enorme de ovejas. Nos colocaríamos en el escenario para que cuando llegara el alcalde (de cuyo nombre no podíamos acordarnos) ya estuviéramos todos en nuestra posición. Primero, el alcalde visitaría las clases porque a los alcaldes les gusta ver las clases de los niños de la infancia. No me preguntes por qué, pero les gusta. Y luego le pasarían al salón de actos, y ahí estaríamos nosotros quietos como muertos. El Orejones daría un paso adelante y recitaría una poesía que había escrito Paquito Medina de recibimiento, y luego cada uno de los pastorcillos cogeríamos en brazos a una de las ovejas, porque íbamos a cantar un villancico bastante emocionante. Era un villancico que trataba de un pastorcillo muy pobre que no tiene nada que llevarle al Niño Jesús que acaba de nacer en el portal de Belén, y que después de pensar qué le llevo, qué le llevo a este Niño tan importante que ha nacido justo el día de Navidad (qué casualidad), después de machacarse el cerebro pensando, pues el pastorcillo llega a la conclusión de que, por mucho que le duela y le fastidie, lo único que tiene de valor material es su oveja, y con lágrimas en los ojos se la carga al hombro, y con el cacho de oveja al hombro y llorando lágrimas verdaderas va cantando hasta el portal de Belén, y por el camino se encuentra con otros pastorcillos que han pensado

lo mismo que él, y todos llevan en los brazos a sus ovejas amadas.

Yo no sé si esta historia es real o no, pero para mí que lo lógico sería que todos los pastorcillos se pusieran de acuerdo y le regalaran entre todos sólo una oveja al Niño Jesús, que, por muy importante que sea, digo yo que no es normal que un niño recién nacido se vea de pronto con un rebaño de cincuenta ovejas, mientras que cincuenta pastorcillos se quedan sin ninguna. Este problema se lo planteó Arturo Román a la *sita*, porque Arturo Román, todo el mundo lo sabe, no da nada a nadie y se pasa de tacaño oscuro. La *sita* dijo que si fuera por nosotros la humanidad no habría avanzado, porque dijo que éramos unos seres mezquinos.

Total, que nos metimos al colegio. Las ovejas, todas iguales, empezaron a subir en fila las escaleras para ir al salón de actos. Una de las primeras de la fila tropezó. Se cayó encima de la siguiente y a partir de ahí bajaron todas rodando por las escaleras. No hubo víctimas. El borreguillo y la gomaespuma las protegía. Pero las tuvimos que levantar una a una, porque con aquel traje las ovejas se quedaban como las cucarachas, con las patas para arriba pidiendo auxilio. Una de las ovejas se puso a llorar. Por el sonido del llanto creo que fue el Imbécil. Intenté encontrarlo entre aquel montón. Pero al resto de las ovejas se les contagió el llanto, y todo el rebaño se puso a llorar.

OVEJAS CLÓNICAS

Ya te digo, allí estaban, lanudas y gordas, todas aquellas ovejas amontonadas las unas encima de las otras al pie de la escalera. Yo no encontré al Imbécil porque, entre cincuenta ovejas, tú me dirás. De pronto me parecía oír su llanto, pero al momento se confundía con el llanto de las otras cuarenta y nueve. Eran ovejas superclónicas, mil veces más clónicas que la oveja *Dolly*. Una de las *sitas* de preescolar, la de mi hermano, que aprovecho para decir públicamente que me gusta bastante, dijo que tratándose de un caso de extrema urgencia como ése, con el alcalde a punto de llegar al colegio y cincuenta niños de preescolar berreando, había que adoptar, por una vez y sin que sirviera de precedente, un método bastante antipedagógico. Dicho esto, desapareció, y los pastorcillos nos quedamos rodeando el montón de ovejas y bastante intrigados.

Al momento, volvió la *sita* del Imbécil con el frasco de azúcar del comedor y fue sacando los chupetes de las bocas de las ovejas. Le costó bastante porque los tenían sujetos por los dientes. Eran unas ovejas rabiosas. Se los arrancaba de la boca y los iba mojando en el azucarero. Las ovejas se fueron callando una a una, y entre la *sita* y los pastorcillos los fuimos volviendo a poner en fila. El ruido de los berridos se fue cambiando por un ruido mucho más bajo: el *goño-goño-goño* que hace el Imbécil cuando se concentra con el chupete para dormirse. Las ovejas, ahora ya mucho más calmadas, empezaron a subir otra vez las escaleras, aunque alguna de ellas tuvo el morro de sacarse el chupete de la boca, empezar a llorar con un llanto falso y pedirle a la *sita* que se lo volviera a mojar. Las otras siguieron el ejemplo, porque si hay algo que caracteriza a las ovejas es que tienen un morro que se lo pisan.

Gracias al azúcar conseguimos colocarlas a todas en el escenario. Se supone que tenían que estar de pie, todas muy juntitas, porque hacían de rebaño, ellas a un lado del escenario y nosotros, los pastores, a otro. El alcalde empezó a retrasarse porque los alcaldes siempre se retrasan. No me preguntes por qué, pero si eres alcalde y no te retrasas la gente no te toma en serio y se ríe en tu misma cara. La *sita* Asunción dijo que a ver si nos creíamos que la única obligación que tenía el alcalde era venirnos a ver a nosotros, dijo que el alcalde iba de un lado a otro sin descanso cuidando de todos los ciudadanos, apagando incendios, rescatando a viejas que iban a ser atracadas, salvando a niños que se habían tirado por el Viaducto. El alcalde no descansaba, se ponía una capa que tiene, como la de Superman pero en negro, y se pasaba el día luchando contra el mal, así que nosotros, en agradecimiento, dijo la *sita*, le íbamos a esperar con una sonrisa aunque viniera por la noche.

Pusimos una sonrisa que tenemos que es bastante falsa, y la *sita* nos dijo que nos la guardáramos para cuando llegara la autoridad. Ensayamos tres veces el villancico del pobre pastor:

Qué le llevo, qué le llevo
a ese Niño de Belén.
Si tú le llevas tu oveja,
se la llevo yo también.
Qué le llevo, qué le llevo
al pobre Niño Jesús.
Dos ovejas le llevamos,
dinos qué le llevas tú.
Qué le llevo, qué le llevo
al Niño recién nacido.
Cuatro ovejas le llevamos,
ha de estar agradecido.
Qué le llevo, qué le llevo,
a ese pequeño tragón.
Le daré mis seis ovejas,
tendrá leche y requesón...

Y así hasta cincuenta. Es que Paquito Medina es un poeta que pasará a la historia. Por bueno y por plasta, la verdad. Para nosotros es un poco largo, pero a la *sita* la encanta y ella nos marca el ritmo con la zambomba. Habrá un día en que Paquito Medina será tan famoso como Joaquín Sabina, que es un cantante poeta que tiene la suerte de estar vivo, porque los poetas se mueren enseguida para poder pasar a la historia. Paquito Medina, después de ganar el Premio Nobel, viajará directamente de Suecia a Carabanchel para inaugurar la calle Paquito Medina, poeta carabanchelero. Y di que vendrá el telediario a retransmitir el acto y entonces Yihad hablará a las cámaras para explicar que Paquito Medina fue el niño poeta que todos admirábamos. Y yo saldré al lado de Yihad sin decir ni mu. Porque aunque soy yo el que me he inventado el futuro de Paquito Medina es Yihad el que manda, y eso lo saben hasta los chinos de Rusia.

La última estrofa de la poesía que Paquito Medina le había escrito al superalcalde, decía:

Qué le llevo, qué le llevo,
para que tenga un buen año.
Yo me quedo en la miseria,
y el Niño, con el rebaño.

Esta estrofa ya la cantábamos bastante afónicos. Es un villancico que está bien si piensas en el Niño Jesús, pero si te pones a pensar en los pastorcillos te da un poco de mal rollo. Es lo que llama Paquito Medina un villancico deprimente. Y como

es el autor, tendrá razón. Además, la *sita* es la que había compuesto la música y si la letra era deprimente no te quiero contar cómo era la música. Menos mal que los libros sólo tienen letras.

Después de ensayar el villancico, que lo hicimos sin tener en brazos a las ovejas como estaba pensado porque la *sita* no quiso que las revolucionáramos antes de tiempo (son ovejas rabiosas), el Orejones López ensayó una vez la poesía escrita también por Paquito Medina, que era la poesía de bienvenida al alcalde Manzano:

> *Hoy nos visita el alcalde,*
> *el alcalde de Madrid.*
> *Eran muchos los colegios,*
> *pero ha elegido el de aquí.*
> *Eso nos llena de orgullo,*
> *nunca lo hemos de olvidar,*
> *mas eso no significa*
> *que lo hayamos de votar.*
> *No podemos todavía,*
> *de la infancia somos niños,*
> *no le damos nuestro voto:*
> *le damos nuestro cariño.*

Eso de que en la poesía el Orejones dijera que no le dábamos nuestro voto no fue idea del propio Paquito Medina, sino de la Asociación de Padres y Madres de Alumnos, que dijo que no había que politizar el acto, y a nosotros lo que nos diga el HAMPA va a misa, porque como no sabemos lo que es eso de politizar un acto, pues la verdad es que nos chupa (bastante) un pie.

Mientras ensayábamos, las ovejas volvieron a llorar porque querían sentarse y estaban asadas del calor que les daban el borreguillo y la gomaespuma. La *sita* volvió con su azucarero antipedagógico y mojó todos los chupetes. Los que no usaban chupetes mojaron el dedo. Luego las dejaron que se sentaran.

A los cinco minutos, el *goño-goño-goño* se cambió por un *agggggg*, como un ronquido muy suave. Las ovejas, apiñadas unas encima de otras, se habían dormido.

TENSIÓN AMBIENTAL

Estábamos ensayando por quinta vez el villancico. Cantábamos muy bajito para que las ovejas no se nos despertaran, porque las *sitas* dijeron que a esas cincuenta ovejas era mejor tenerlas en el mundo de los sueños antes de que se cansaran de verdad y se pusieran a llamar a sus madres con esos terribles balidos que te parten el corazón.

Las madres, por cierto, ya estaban sentadas en el salón de actos, porque la *sita* Asunción había dicho en secreto a las otras *sitas*, aunque la Susana y Jessica (pastorcillas en el espacio) lo habían podido oír, que casi peor que las ovejas eran las madres de

las ovejas, que continuamente querían estar arreglando la lana y el cascabelillo y el borreguillo a sus crías.

Yo, por una vez en mi vida, estuve de acuerdo con la *sita* Asunción: mi madre sólo vive para su oveja; en cambio, a su pastorcillo (yo) lo tiene completamente abandonado. Menos mal que no soy el único pastorcillo sobre la tierra al que le pasa eso: en mi clase, cada vez que una madre ha tenido una oveja se ha olvidado del pastorcillo. Así que esas madres que las *sitas* habían intentado sentar para que no molestaran, se levantaban cada dos por tres para comprobar que su ovejilla tenía todo el disfraz bien colocado, aunque yo creo que muchas veces se equivocaban de oveja y arreglaban a una que no era la suya. Vamos, mi madre en concreto le estuvo dando besos de amor a Melanie (la hermana de Mostaza) pensando que era el Imbécil. Así son las madres, se creen que nos conocen y en cuanto nos ponemos un gorro nos confunden incluso con personas de distinto sexo.

A las *sitas* les costó hacer entender a las madres que no se podían sentar en la primera fila porque la primera fila estaba reservada para las autoridades: para el alcalde, la presidenta del HAMPA, el director del colegio, el presidente de la Asociación de Vecinos y todos los presidentes que hay en Carabanchel (Alto), que debe de haber muchos más de los que yo pensaba, porque la fila de autoridades estaba llena. Detrás de las autoridades había dos filas para el Hogar del Jubilado, o sea, para todos los abuelos de Carabanchel (Alto), incluso los que no tienen nietos en mi colegio, porque los abuelos del Hogar del Jubilado siempre tienen una fila o un banco reservado en cualquier sitio de mi barrio, y todavía más si hace frío. Por ejemplo, un ejemplo, hace poco abrieron un híper cerca de mi casa y los abuelos metieron el banco en el que se suelen sentar en el Parque del Ahorcado y se lo colocaron al lado de las cajas, porque a todos los abuelos de Carabanchel (Alto), no me preguntes por qué, les gusta ver cómo las señoritas cajeras hacen las cuentas, y lo tienen reservado por turnos. A mi abuelo le toca el que va de cinco a siete, así que últimamente la siesta se la echa en el híper con la cabeza puesta sobre el hombro del abuelo de Yihad, el señor Faustino, que tiene el mismo turno y que se duerme también. Nada más coger el sueño se les descuelga la mandíbula y parece que tienen la cara tres veces más larga. Mi madre le dice: «Papá, es que da vergüenza de veros de esa manera, como si no tuvierais casa ni tele para quedaros sopa después de comer.» Pero mi abuelo dice que mucho mejor que la tele es quedarse *cuajao* oyendo a la gente de fondo y con la megafonía del híper anunciando las ofertas. «Muy bien —le dice mi madre—, como sé que harás lo que te dé la gana, lo único que puedo hacer yo es no ir a comprar de cinco a siete, para no tener el gusto de verte con la boca abierta encima del señor Faustino, que tiene tan poca vergüenza como tú.»

Pero lo que yo quería contarte no era lo de la siesta de mi abuelo en el híper, sino que también estaban presentes los viejos en el salón de actos en el día de la gran función, al que llamaremos el Día M, por Manzano, que así se llama el alcalde, según nos dijo la *sita* Asunción.

Mostaza preguntó si Manzano era un mote, y la *sita* le dijo que no se hiciera el gracioso. No se da cuenta la *sita* de que Mostaza siempre habla en serio y de que además está muy concienciado con esta problemática de los motes, porque en mi colegio todo el mundo que es un poco importante tiene uno, así que la gente da por descontado que Mostaza es un mote, porque Mostaza en mi colegio es bastante importante por ser el niño cantor; pero no, aunque lo parezca, Mostaza es un apellido de verdad. Es el apellido de su padre, que es un señor al que Mostaza no conoce, porque fue un señor que después de decirle: «Toma, hijo, mi apellido», dijo adiós muy buenas y nunca más se supo. Nosotros le decimos a Mostaza que por qué no salen abrazados en la tele la Melanie, su madre y él, en uno de esos programas que hacen para que la gente vuelva aunque no quiera, y dicen eso de:

Vuelve, por favor, que tus hijos
te queremos bastante aunque
ni te conocemos.

Pero dice Mostaza que se lo dijo un día a su madre y su madre dijo que para qué, que estaban la mar de a gusto sin ese señor. Yo la pregunté a mi madre si uno puede estar superagusto sin estar

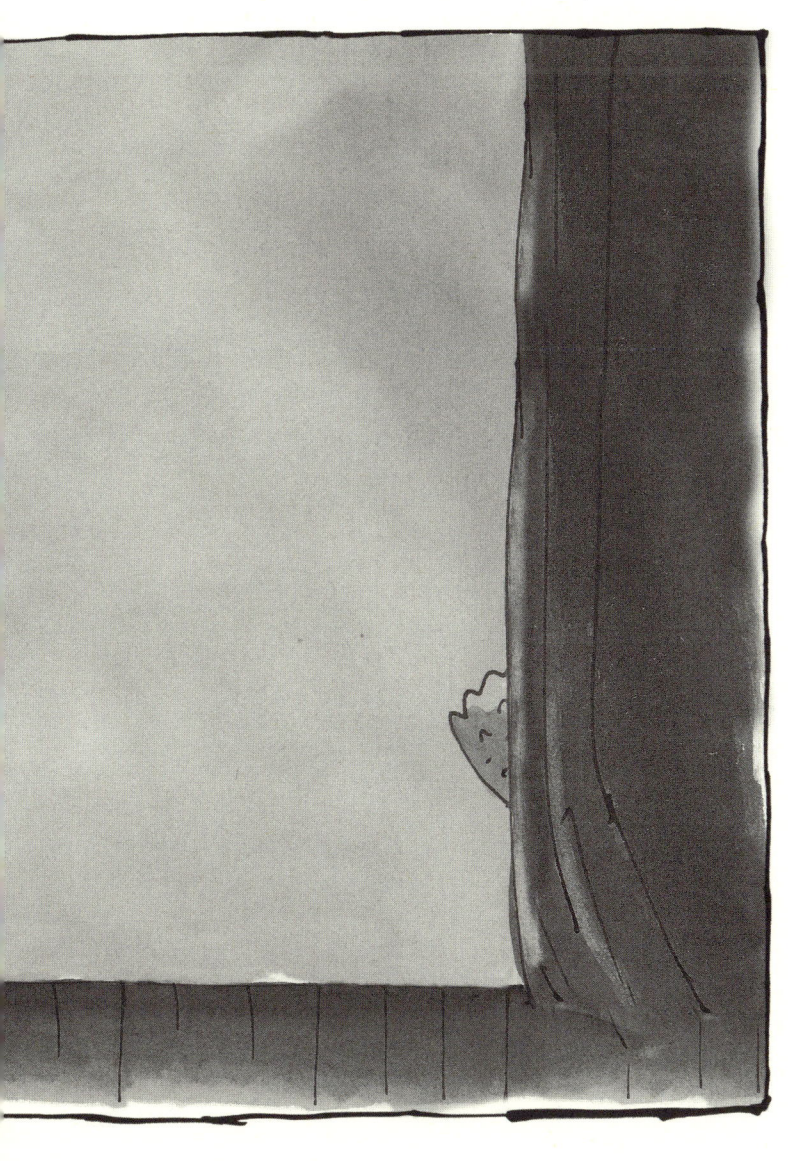

con su padre, porque yo me imagino una vida sin ver a mi padre los fines de semana cuando vuelve de hacer los portes, y sólo de imaginármelo es que se me llenan las gafas de lágrimas y al Imbécil se le llena el chupete de mocos; pero mi madre me dijo que es que nosotros habíamos tenido suerte porque el padre que nos había tocado en la vida era bastante bueno, pero que se daban casos de padres que daba asco verlos, y también dijo que los padres son una lotería: o te salen buenos o te salen malos.

El caso es que las cosas, mientras esperábamos al alcalde, estaban así:

—Primera fila: las autoridades.

—Segunda y tercera: Hogar del Jubilado.

—Cuarta fila: ma/padres.

—De pie: *sitas* controladoras.

—Escenario:

A) De pie: pastorcillos de las postrimerías y pastorcillas del espacio.

El Orejones el primero, preparado para recitar y tan nervioso que fue cuatro veces al váter.

B) Ovejas dormidas: *Aaaggggggg*.

Todos estábamos en nuestras posiciones cuando con voz entrecortada el conserje, el señor Marín, abrió la puerta del salón de actos y dijo:

—Que ya viene.

Y se oyó un eco que fue de fila en fila, las ma/padres, los abuelos/as, las autoridades, todos los presidentes/as de Carabanchel: «Ya viene, ya viene, ya viene...» Y nosotros, los pastorcillos, también nos dijimos unos a otros: «Ya viene, ya viene, ya viene.»

El Ore se puso pálido una vez más y con las dos manos en las partes de su cuerpo (traseras) salió corriendo a un lado del escenario.

—Pero ¿qué hace otra vez ese niño? —preguntó la *sita* bastante aterrorizada.

—Caca —dijo Mostaza.

—No te hagas el gracioso, Mostaza, que te mando a la calle delante del HAMPA y de tu madre y de quien se me ponga por delante.

Siempre lo mismo, lo mismo; parece mentira que la *sita* no sepa que Mostaza siempre habla en serio: al Ore (mi mejor amigo y cerdo a la vez), ese niño que siempre pasa de todo, que nunca mueve un dedo por nadie y que le da igual ocho que ochenta, tanta responsabilidad aquella mañana del Día M le había puesto la barriga del revés. ¿Influiría eso en la gran función? Nos lo preguntábamos mientras veíamos a aquel hombre grande con su capa andar hacia la primera fila.

EL HOMBRE DE LA CASA

Siempre que hablamos de aquella visita que nos hizo el alcalde, Paquito Medina dice que alucina con nosotros, dice que no sabe por qué el alcalde nos impresionó tanto cuando tendríamos que estar hartos de verlo en la tele. Paquito Medina no se da cuenta de que es el único niño del Parque del Ahorcado que se entera de lo que sale en los telediarios. Por algo es el niño culto de mi barrio. En mi casa, cada vez que sale algún político, mi padre y mi abuelo empiezan a contestarle como si les hubiera saltado un resorte, a insultarle o a llevarle la contraria; a no ser, claro, que salga alguien del sindicato de mi padre, entonces nos hace callar a todos y mirar a la tele para que aprendamos. Yo personalmente pongo el Manolito automático y hago como que me entero, y el Imbécil hace lo mismo, pone el Imbécil automático, pero como es mucho más pelota que yo (estamos en dura competencia), cuando acaba de hablar el señor del sindicato, el Imbécil aplaude y yo le digo por lo bajo: «Pelota, pelota y pelota», y el Imbécil unas veces llora de tal manera que se le caen los garbanzos de la boca al plato y otras me tira los que tiene en la cuchara a la cara y me deja las gafas hechas un asco. Esto sucede los fines de semana, cuando mi padre está en casa. Mi padre se nos queda mirando como si no fuera nuestro padre, como si fuéramos los hijos de otro camionero, y la dice a mi madre:

—Catalina, ¿por qué hacen estas cosas los niños?

—¿Los niños en general o éstos concretamente? —le pregunta mi madre.

—Éstos, éstos...

—Pues porque son así, lo que ocurre es que tú no sabes cómo son porque no estás nunca en casa; si estuvieras, verías que este número se repite todos los días.

—¿Estás queriendo decir que yo no conozco a mis hijos?

—Tú preguntas que por qué hacen las tonterías que hacen y yo te respondo: que no es que estén haciendo un número especial porque estés tú, es que siempre son así, las tonterías las hacen todos los días.

—¿Son tontos mis hijos, estás diciendo? —le pregunta mi padre, ya con bastante tensión ambiental.

—Yo he dicho lo que he dicho.

—Y sólo te falta añadir que han salido a mí —le dice mi padre.

—Bueno, no os enfadéis, hijos —dice mi abuelo—; si los niños son tontos, será porque han salido a mí.

—¡Tú te callas! —le dicen a coro mi padre y mi madre, y a veces nos unimos nosotros, porque es la frase que siempre se dice cuando mi abuelo interviene en una discusión.

Un día, el Imbécil añadió:

«Que nadie te ha dado vela en este entierro.»

Y todos nos quedamos mirándole superestupefactos, porque el Imbécil es un niño que habla fatal («no como el de las gafas —dice mi madre—, que desde que nació era como un loro»), pero de vez en cuando, sin venir a cuento, suelta alguna frase que no sabemos ni cómo la ha aprendido ni cómo ha llegado a su cerebro. Me acuerdo de aquel día, el Imbécil comiendo garbanzos y mi madre y mi padre diciéndole angustiados:

—Repite la frase, cariño, repítela.

Y el Imbécil los miraba desde su trono, primero a uno, luego al otro, y decía:

—No.

—¿Por qué, vida mía?

—Porque le regañan al nene por decir frases.

—Que no, cariño, que estaba muy bien dicha —le decía mi padre.

El Imbécil se metía otra cucharada de garbanzos en la boca y decía con la boca llena:

—No, que la diga Manolito.

No hubo manera, ya no volvió a decir aquella extraña frase, pero ha quedado grabada en nuestras mentes como un fenómeno paranormal. Yo tengo la teoría de que sabe hablar perfectamente, pero sigue con sus frases tipo telegrama por hacerse el interesante y el niño de su mamá.

El caso es que a Paquito Medina le superalucina que nos quedáramos con la boca bastante abierta cuando vimos que aquel alcalde que había venido a vernos llevaba encima una capa negra.

Te diré que como el salón de actos estaba medio a oscuras y yo soy un niño muy impresionable, al ver que venía hacia nosotros ese hombre con aquella capa negra me pareció ver que le sobresalían de la boca dos puntas de colmillos. Tuve que abrir y cerrar los ojos varias veces porque yo mismo me doy cuenta de que a veces tengo visiones. No debía de ser el único que estaba pensando aquello, porque Mostaza dijo muy bajito:

—¿Y cómo tendrá los dientes?

Un escalofrío nos recorrió a todos todas las partes de nuestros cuerpos. Lo sé porque hemos hablado muchas veces de aquella mañana histórica.

Menos mal que aquel alcalde sonrió al vernos vestidos de pastorcillos y pudimos ver que por lo menos de día los dientes los tenía como cualquier persona de Carabanchel (Alto).

Nosotros es que no estamos acostumbrados a las capas. Yo no conozco ningún padre que se haya puesto jamás una capa, a no ser, claro, que vaya dis-

frazado de vampiro o de Supermán o de torero; así que cuando vemos a un hombre de la actualidad con una capa puesta, empezamos a pensar cosas extrañas que nos hacen soñar por las noches.

Aquel alcalde de la capa negra se sentó y al sentarse él se sentaron todas las personas del público. Mostaza le preguntó a la *sita*:

—¿Nosotros nos sentamos también?

Y la *sita* dijo:

—No, hombre, no, vosotros sois los que vais a actuar.

El espectáculo iba a comenzar. Las únicas que desentonaban un poco eran las ovejas con sus ronquidos, pero era mejor que siguieran dormidas a que se pusieran a incordiar en mitad de la poesía que iba a recitar el Orejones. Esa poesía que abría el gran acto:

—Señor alcalde, los niños están tan agradecidos por su visita…

Al decir la *sita* la palabra *agradecidos*, todos los pastorcillos sonreímos porque así nos lo había ordenado nuestra *sita* y nosotros somos unos mandaos.

—… tan agradecidos que le han escrito esta poesía. La va a recitar el niño Ore…

La *sita* no se acordaba del nombre verdadero del Orejones. Todos nos pusimos a pensar en cuál era ese nombre de nuestro amigo, pero no lo encontrábamos por ninguna parte de nuestro cerebro. Pensábamos, pero sin quitarnos la sonrisa de la boca, y te confesaré que pensar con la sonrisa en la boca es supercomplicado.

La *sita* repitió tragando saliva:

—… el niño Ore… Ore… El niño López.

Todos respiramos y el niño López dio un paso al frente, como estaba previsto, y con la cara, que a veces estaba roja y otras blanca, empezó a recitar.

EL MOMENTO DE LA VERDAD

Los que estábamos a la derecha del Orejones asegurábamos que el Ore tenía la cara blanca, y los que estaban a la izquierda se empeñaban en que la tenía roja, así que hemos llegado con el tiempo al acuerdo de que O. López tenía la cara dividida en dos colores porque le pasaban dos cosas al mismo tiempo: estaba pálido por el miedo y por la barriga, que se le había descolocado (le había dado cagalera), y también estaba rojo de vergüenza. Ya sé que es difícil de creer que la cara de una persona se divida en dos colores, pero es que en mi colegio se dan muchos fenómenos que no tienen explicación, se-

guramente porque mi colegio (el Diego de Velázquez) se construyó encima de un meteorito que cayó hace millones de años y hay energías magnéticas de polos negativos y positivos. Esta teoría no es mía, es de Paquito Medina, que es el niño de las teorías. Hay gente que no se las cree. Yo personalmente me las creo todas, porque creo que Paquito Medina, además de poeta, es un sabio y me pego con cualquiera que diga lo contrario (menos con Yihad, con M. M. y con Susana Bragas-Sucias, que me pueden).

El Ore bicolor tragó saliva y empezó la gran poesía escrita por Medina:

> *Hoy nos visita el alcalde,*
> *el alcalde de Madrid.*
> *Eran muchos los colegios,*
> *pero ha elegido el de aquí.*
> *Eso nos llena de orgullo...*

Nosotros le veíamos la cara al alcalde de la capa, veíamos que estaba sonriendo muy contento de que esos niños (nosotros) que ayer ni le conocían ni por el nombre (eso él no lo sabía) hoy le admiraran tanto.

Al Ore le temblaba mucho la voz, y los que estábamos a su derecha y veíamos su lado pálido pensamos que se iba a desmayar, y los que estaban a su izquierda y veían su lado rojo pensaban que iba a explotar.

> ... *nunca lo hemos de olvidar,*
> *mas eso no significa*
> *que lo hayamos de votar...*

Eso no le gustó al alcalde; menos mal que después de ese verso venían los últimos, que lo arreglaban todo. Pero qué pasó. Primero pasó que el cuerpo del Ore emitió un gas tóxico que fue directamente a las caras de los pastorcillos. Un gas tan insoportable como los que a veces salen del cuerpo de la *Boni* después de que mi abuelo le dé unas gambas en el Tropezón, que ya de por sí son algo tóxicas y mutantes, porque las pesca el señor Ezequiel en el propio río Manzanares. Los pastorcillos nos tapamos la nariz para no caer intoxicados. Y luego pasó que el Ore se llevó la mano a la parte trasera de su cuerpo y con la cara ahora completamente blanca salió corriendo hacia un lado del escenario, se metió por el telón y desapareció para siempre. El alcalde se estaba revolviendo en la silla porque el final de la poesía parecía que no le había gustado demasiado. Entonces salió la *sita*, se puso delante de nosotros justo en el sitio que había ocupado el Ore y que todavía tenía el aura de su gas, y terminó la poesía de Paquito Medina que López había abandonado en ese verso tan polémico que le había gustado al alcalde tan poco.

> ... *mas eso no significa*
> *que lo hayamos de votar.*
> *No podemos todavía,*
> *de la infancia somos niños,*
> *no le damos nuestro voto:*
> *le damos nuestro cariño.*

Cuando la *sita* dijo aquello de «de la infancia somos niños» se nos escaparon algunas risas incontroladas, pero nos aguantamos, porque reírse de la *sita* es falta grave, y la *sita* nos ha prometido que antes de jubilarse, cuando ya tenga un pie en el colegio y otro en el autocar del Imserso para irse a Benidorm, piensa pegarle una colleja a un niño, por darse un último gusto antes de la despedida, y no sé por qué nosotros tenemos miedo a esa colleja que la *sita* estampará sólo en una cabeza de uno de nosotros, esa colleja que la *sita* tiene que dar en este año, que es el último que le queda para la felicidad (eso dice ella), antes del viaje a Benidorm y antes de irse a vivir a otro barrio, a Carabanchel (Bajo), porque la *sita* dice que una vez que se vaya es que no quiere ni encontrarnos por la calle. Nosotros conocemos la colleja de cada una de nuestras madres, son collejas familiares, pero no se nos ha dado el caso de que nos diera una colleja alguien que no fuera de nuestra sangre, y eso nos intriga bastante y nos pone un gran escalofrío en la nuca, sobre todo cuando la *sita* se pasea a nuestras espaldas por los pasillos que hay entre los pupitres de mi clase. Y nos preguntamos: «¿Seré yo el elegido?»

Al alcalde de la capa le volvió un poco la sonrisa a la cara. Nosotros esperábamos un gran aplauso, pero el público se había quedado superestupefacto con el cambio de recitador y no sabía muy bien lo que tenía que hacer. Empezó a aplaudir el presidente del HAMPA, pero como el alcalde no le

siguió, dejó de aplaudir y así quedó la cosa. La *sita* dijo:

—Y ahora, señor alcalde, los niños van a cantar un villancico cuya letra ha compuesto el niño Paquito Medina y cuya música ha compuesto servidora para este día tan especial.

Los pastorcillos nos sacamos del zurrón la chuleta con la letra porque, como somos niños de la actualidad que no tenemos ejercitada la memoria, somos incapaces, según dice nuestra *sita*, de acordarnos de algo que no sean los anuncios de la tele.

Ya teníamos nuestro papel delante de nuestras narices, aclaramos nuestras gargantas y Mostaza empezó con aquel villancico bastante interminable:

Qué le llevo, qué le llevo
a ese Niño de Belén.
Si tú le llevas tu oveja,
se la llevo yo también.

Mostaza se fue hasta las ovejas para buscar la suya, que era la Melanie, empezó a dar vueltas alrededor del rebaño de ovejas dormidas porque era imposible distinguir a la suya. Levantó a una, que se despertó y empezó a llorar. Mostaza la volvió a dejar en el suelo.

Mientras Mostaza buscaba su oveja, Yihad cantó la siguiente estrofa:

*Qué le llevo, qué le llevo
al pobre Niño Jesús.
Dos ovejas le llevamos,
dinos qué le llevas tú.*

Y se acercó al rebaño para buscar a su oveja, que era Zeus. Tampoco lo encontraba. Y así fuimos saliendo uno detrás de otro. Ahora, las ovejas, sudorosas y recién despertadas, gritaban como posesas, alguna te mordía. Aquellas ovejas parecía que habían contraído la rabia. El villancico casi ni se oía. De pronto noté cómo unos dientes se me quedaban clavados en la mano. Cuando por fin pude sacar la mano de aquella boca y me la miré para ver si aquel animal furioso me había hecho sangre, pude reconocer al dueño de aquellos dientes: era el Imbécil. Me ha dejado esa marca en muchas ocasiones: las dos paletas un poco adelantadas de tanto chupete y los otros idénticos y chiquitísimos. Eran los dientes del rata de mi hermano, o, como diría mi madre, de su ratoncillo del alma. El Imbécil me miraba ahora enseñándome los dientes. No le gusta que le despierten de un sueño profundo, se vuelve un animal peligroso. Como todas aquellas ovejas. Se habían vuelto completamente salvajes.

UN NIÑO SANTO
Y UN ALCALDE EMOCIONADO

Yo personalmente, y sin tirarme el rollo, creo que sirvo para el mundo del espectáculo. Lo pienso desde aquel día, desde el día en que cantamos nuestro villancico interminable delante del hombre de la capa (el alcalde), pero nadie nos oyó porque un rebaño salvaje de ovejas, incluida la oveja más salvaje de todas que era mi hermano, nos atacó, a nosotros, pobres pastorcillos que sólo queríamos llevarle al Niño Dios nuestros presentes.

La *sita* del Imbécil vino con el botiquín de urgencia (con el azucarero) y fue mojándole otra vez a todas el chupete en el azúcar. A mi oveja (el Imbécil) le tocó de las últimas, así que yo tuve que cantarme casi todo el villancico con los dientes del Imbécil clavados en mi mano, y digo que sirvo para el espectáculo porque, a pesar de que una lágrima me recorría lentamente toda la cara, yo seguía cantando el «Qué le llevo, qué le llevo» como un pastorcillo mártir, de esos pastorcillos que luego, cuando mueren, se hacen santos y se aparecen a la gente en mitad del campo, en lo alto de un árbol, que da miedo verlos y que hacen que la gente salga espantada; pero como la gente en el fondo es superinteresada, al cabo del rato vuelven para pedirle cosas a aquel niño santo que, como tiene poderes sobrenaturales, le hace favores divinos a todo el mundo porque le sale un rayo divino del dedo, un dedo que te señala y te soluciona la vida. A mí, por ejemplo, si se me apareciera el niño santo en el Árbol del Ahorcado me concedería tres deseos:

1. Me quitaría la miopía: fuera gafas. A partir de ese momento, Yihad no me las podría romper. Claro que igual, como no me puede romper las gafas, me parte la cara. (Este deseo lo tengo que pensar porque no sé si me conviene.)

2. Me aprobaría las matemáticas. Cuando la *sita* me sacara a la pizarra para ponerme una de sus operaciones terroríficas, el dedo del niño me señalaría el cerebro (nadie lo vería, sólo yo), y en ese rayo divino me transmitiría todo el saber y yo llenaría la pizarra de operaciones que ni mi propia *sita* entendería y se tendría que sentar de la impresión.

3. Me cambiaría el puesto con el Imbécil. El Imbécil sería el mayor y yo sería el pequeño. Y mi madre me diría «mi gafitas del alma», y me acostaría en su cama dándome unos besos sonoros, y al Imbécil, en cambio, le llamaría celoso y malasombra y envidioso y esas cosas que me dice mi madre desde que el Imbécil llegó al Planeta (Tierra).

En esas cosas pensaba yo mientras tenía al Imbécil clavado con los dientes a mi mano, pero aunque mola sufrir si luego vas a ser, después de la muerte, el niño santo que concede deseos a diestro y también a siniestro, la verdad es que fue un alivio cuando el chupete del Imbécil se mojó de azúcar y se

quedó un rato despierto y chupando su tete con furia contenida.

Cuando el villancico se acabó, ¡por fin!, y se acabó aquella tortura de sostener en brazos a esas ovejas indomables, pensamos que nuestras obligaciones delante de aquel alcalde habían acabado, y sin ponernos de acuerdo soltamos de golpe a las ovejas, que se cayeron al suelo y volvieron a llorar. Desde las butacas del público se oyó:

—¡Qué bruto eres, hijo mío! —fue una frase dicha al superunísono por todas las madres de Carabanchel (Alto), que siempre se ponen de parte de las ovejas, aunque sean unas ovejas asesinas.

En Carabanchel (Alto) nos parecemos todos bastante. Las madres piensan igual que todas las madres, un abuelo es igual a otro abuelo, los pastorcillos lo mismo, y las ovejas, ya lo dije hace tiempo, las ovejas son clónicas. Mucho antes de que un científico inventara la oveja clónica, en Carabanchel ya estábamos hartos de verlas en la guardería de mi colegio.

La *sita* se puso delante de nosotros y del mogollón de ovejas, y gritando para que se la oyera, dijo:

—Bueno, y esto ha sido el final.

Eso quería decir que ya podían aplaudirnos, y nos aplaudieron, y luego todo el mundo hizo *ssshhhhhh* para que nos calláramos y escucháramos unas palabras superimportantes que iba a decir el hombre de la capa. El alcalde se levantó y dijo:

—Queridos niños y niñas del Francisco de Goya...

—¡Somos del Diego de Velázquez! —dijo Arturo Román, que va a su bola y no sabe que a los alcaldes hay que respetarlos y darles la razón, aunque se equivoquen de colegio, de país y de continente.

Mientras la *sita* echaba a Arturo Román al pasillo, el alcalde siguió hablando:

—Ha sido el mejor espectáculo de mi vida, porque lo habéis hecho espontáneamente, sin prepararlo mucho...

Aquel alcalde no debía de saber que llevábamos un mes perdiéndonos los recreos por ensayar aquello.

—Porque lo importante no es que os hayáis equivocado, eso no importa, como tampoco importa que vuestro compañero, el niño López, haya tenido que ausentarse debido a problemas estomacales y haya dejado la poesía en un momento tan delicado. No importa tampoco que no se haya podido escuchar ese villancico tan larguísimo porque los pequeñuelos no hayan dejado de berrear, no importa. Lo importante, queridos niños, pastorcillos y pastorcillas, ovejillas y corderillos, es que lo habéis hecho con el corazón, y aunque el teatro no sea lo vuestro, lo importante es la intención. Me voy, pero me quedaría toda la mañana con vosotros porque me habéis emocionado. Se me ha erizado el vello...

El alcalde se levantó un poquito la camisa y todos nos inclinamos para mirar. Aunque desde el escenario no lo podíamos ver bien, luego el presidente del HAMPA informó a todo el mundo de que el alcalde decía la verdad y nada más que la verdad: tenía el vello completamente erizado porque le habíamos llegado al corazón.

Nos dio mucha pena despedirnos de aquel alcalde que decía que se quería quedar para siempre en mi colegio, con nosotros, pero que tenía unas obligaciones muy grandes porque tenía que hacer cinco túneles él solo en la ciudad, y poner estatuas en los parques, y hacer agujeros en las calles para poner tuberías, y hacer que la gente fuera buena y no se peleara y no se atracara a punta de navaja.

Todo eso tenía que hacerlo él solo. Yo me lo imaginé volando con la capa de un lado a otro de Madrid, agarrando por los aires a ese suicida que se había tirado del Viaducto. Me lo imaginé con el puño adelantado como Supermán, haciendo los túneles con la fuerza de su brazo y llevando las estatuas a sus espaldas. Tenía que hacer tantas cosas que no se pudo quedar a ver nuestros trabajos de Navidad, que eran unos angelitos con los ojos brillantes en rojo. Todos hicimos lo mismo, el mismo angelito. Luego nos lo llevamos a casa, pero a la vuelta de vacaciones la mayoría lo devolvió al colegio o lo tiró a la basura, porque al angelito por las noches le brillaban los ojos y el Imbécil lloraba de espanto porque decía que parecía Chuky, el angelito diabólico. Pero eso es otra historia. Lo que yo quería decir es que el alcalde se fue corriendo, después de que unos fotógrafos le hicieran una foto con los pastorcillos (las ovejas no quisieron ponerse). No te lo creerás, pero al día siguiente salimos en el periódico: «Carabanchel vivo», y mi madre, que nunca presume de mí, se lo enseñó a todo el mundo y hasta se lo mandó a mi tío el de Noruega.

EL IMBÉCIL TIENE UN DON

El Imbécil es que lo cambia todo, cambia los datos históricos para quedar él como héroe y yo como el malhechor. Siempre lo hace, siempre. Y mira que en este caso había pruebas, las señales asesinas de sus dientes de rata en mi mano, que, te lo creerás o no, pero mi madre me tuvo que hacer una cura y ponerme bien de mercromina y una tirita, y tuvo el detalle de darme un beso para que se me curara antes.

Yo ya no me creo esas cosas de que una madre te besa y se te cura una herida al superalinstante. Me lo dejé de creer el año pasado cuando me hice el moratón en la cara, porque dice mi madre que voy andando como tonto sin mirar y es verdad. Resultó que volvía de la escuela pensando en mis preocupaciones (las notas), y como cuando uno va pensando en sus preocupaciones va mirando para abajo, eso lo saben hasta los chinos de Rusia, pues pasó que no vi la farola del Parque del Ahorcado, la única que hay y que ha habido y que habrá, y me la tragué en toda la cara con un impacto bastante grande, tanto que me caí para atrás. Menos mal que llevaba la mochila y no me di en la nuca contra una piedra, porque con la mala suerte que tengo hubiera sido de lo más normal.

El Imbécil, que iba conmigo, se me quedó mirando sin saber qué hacer, y los clientes de El Tropezón, esos que se pasan la vida con la manga pegada a la barra y que lo habían visto todo, se echaron a reír. A mí, que estaba todavía con los ojos cerrados en el suelo medio atontao, me fastidió, pero también los comprendía: si yo veo a alguien que se traga una farola andando por la calle, es que primero me parto el pecho y luego ya veremos.

Pero, claro, para el Imbécil era más grave, para el Imbécil la cosa es que su héroe (que soy yo) estaba en el suelo, y al Imbécil que se rían de su héroe es que no lo puede soportar.

—¡No se ríen los hombres! —empezó a gritar como un loco—. ¡No se ríen los hombres! ¡Manolito se ha muerto!

A los hombres se les heló la risa; incluso a mí, que los miraba por el rabillo del ojo que acababa de abrir, me impresionó la frase de mi hermano. Vamos, que soy un niño tan influenciable que por un momento, la mitad de un instante, pensé que a lo mejor el Imbécil tenía razón, que yo estaba en el suelo porque me había muerto, y me pareció fatal que encima de yo estar muerto aquellos hombres estuvieran riéndose sin piedad.

El Imbécil dejó de gritar cuando se acercaron varios y me levantaron y me llevaron a El Tropezón y me limpiaron un poquillo la sangre que me habían hecho las gafas al hincársaeme en la cara, y me pidieron una coca-cola para que me reanimara, y tuvieron que pedirle otra al Imbécil porque dijo que él también tenía que reanimarse por todo el morro.

Lo peor fue luego, cuando subí a casa y tuve que explicarle a mi madre que esta vez no me había

roto las gafas Yihad, como siempre, sino que me las había roto yo solo, sin ayuda de nadie, estampándome contra otra farola; entonces mi madre se sentó y dijo en voz alta, pero como pensando:

—Casi hubiera preferido que te las hubiera roto el Yihad, hijo mío, por lo menos podríamos echarle la culpa a él; pero así, tú me dirás lo que puedo decirte, si no miras ni por donde pisas ni lo que tienes delante de tus narices. Casi daría igual que fueras sin gafas, porque para lo que te sirven.

—Las cosas que le dices a la criatura —dijo mi abuelo.

Y mi madre me miró y me vio sentado en la silla de la cocina con mi ojo poniéndose morado por momentos, y se me acercó y me cogió en brazos y me llenó de besos sonoros, y me dijo: «Ya verás, ya verás, cómo estos besos te quitan el morado enseguida», y yo deseando que se me quitara porque al día siguiente iban unos de la tele a hacer un *casting* para escoger a un niño prodigio de esos que salen en las series y que tienen que hacer de repelentes porque lo exige el guión y punto. Pero pude comprobar al día siguiente, y al otro, y al otro, que los besos de una madre te gustan en determinados momentos, pero que no te curan los desperfectos físicos; si acaso, te curan un poco los psicológicos. El ojo siguió morado y luego verde y luego amarilluzco, y no me pude ni presentar al *casting* porque no me dejó la *sita* en esas condiciones. Claro que mi gran alegría es que tampoco escogieron al Orejones, porque esas dos orejas sólo le cabrían en la pantalla grande, para hacer de niño volador, como Dumbo, por ejemplo. Y a Yihad no le cogieron porque a los del *casting* no les gustaban los macarras de verdad; preferían un niño fino que hiciera de macarra; a Paquito Medina tampoco lo quisieron por pasarse de listo, porque Paquito Medina es el niño culto de mi colegio y les dijo a los señores del *casting* que las series en España no tenían ninguna gracia, que fallaban en el guión, y los señores del *casting* ya no quisieron hacerle ni la prueba; Mostaza no les gustó porque era muy bajo y dijeron que los niños cantores tipo Joselito ya no se llevan en la actualidad; Arturo Román se quedó sin habla delante de la cámara, así que de momento me quedé bastante tranquilo porque, aunque a mí no me habían escogido, tampoco habían escogido a ninguno de mis amigos. Escogieron a Boris Sánchez, un niño de mi clase al que nadie le había hecho caso jamás porque era el niño invisible y hasta la *sita* se olvidaba de nombrarle a veces cuando pasaba lista.

Resultó que Boris Sánchez, el niño invisible, el niño más soso de Carabanchel (Alto), fue el que más les gustó a los de la tele, y entonces ocurrió que todos, instantáneamente, quisimos hacernos amigos de él. Es un fenómeno que tendrían que estudiar científicos de todo el mundo: por qué en mi barrio a los niños nos encanta estar al lado y ser amigos de la gente que sale en la tele, como el señor Mariano, el del quiosco Azul, que salió un día en una encuesta que hacían por la calle opinando sobre la infancia y nos puso a todos nosotros a caldo, y nosotros nos pasamos toda la tarde sentados al lado del quiosco admirándole por haber salido en la tele.

Pero ya te hablaré en otro momento de Boris Sánchez, nuestro gran amigo, porque lo que yo iba a decir desde el principio de los tiempos de este capítulo es que el Imbécil lo cambia todo. Todo lo cambia. Y cuando mi madre le fue a regañar por el cacho mordisco que me había dado en la mano, él dijo que me lo había dado para que yo no me separara de su lado. Y dicho esto, me cogió la mano herida, la mano donde estaban las pruebas de su delito, y me dio dos o tres besos y dijo aquello de «cura sana, culito de rana...». A mí me dejó alucinado que tuviera tanto, pero tantísimo morrazo. Lo hacía sólo para librarse de la bronca de mi madre, que, al ver que me daba besitos, dijo:

—¡Mira cómo te quiere tu hermano, Manolito, qué suerte que tienes!

Encima iba a tener que dar las gracias. El Imbécil me miró y movió las pestañas tipo Bambi, como cuando quiere hacerse tu gran amigo. Era increíble, de verdad. El caso es que al día siguiente no quedaba ni rastro de la herida. Yo sabía que mi madre no había sido la curandera por la experiencia anterior del ojo contra la farola, así que tuve que admitir que fue el Imbécil el que me curó. Tiene un don sobrenatural. La verdad es que el tío ha nacido con suerte, o a lo mejor la suerte la tengo yo, como dice mi madre, por ser su hermano.

LAS SUPEREXPERIENCIAS DEL IMBÉCIL

Ya sé que el Imbécil es más guapo que yo. Nadie me lo ha dicho así claramente, pero yo noto que la gente lo piensa, porque no soy tonto. Soy más feo, vale, lo admito, pero no soy tonto. Me doy cuenta cuando sube la Luisa a casa y nos ve a los dos en pijama y dice mirando al Imbécil:

—Es un niño de anuncio.

Y luego me mira a mí y dice:

—Ahora, éste es el que tiene mejor corazón de los dos, Cata, te pongas como te pongas.

Me doy cuenta también cuando nos arreglamos

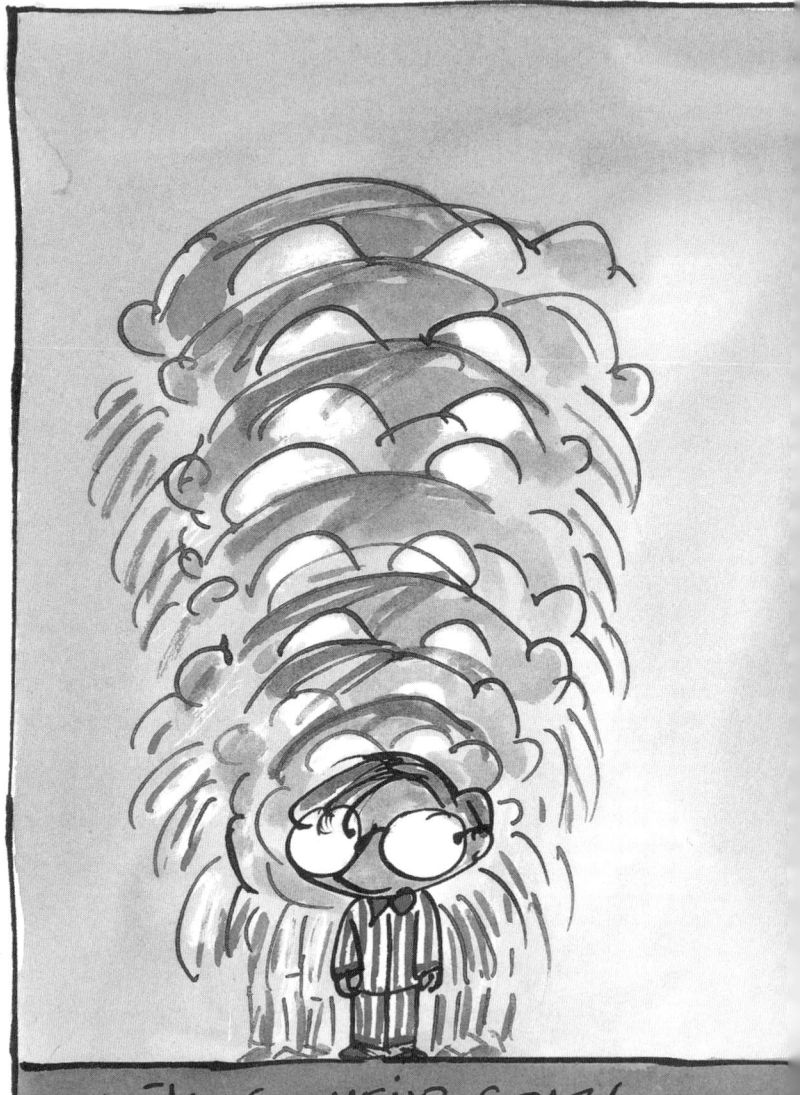

para salir los domingos y mi madre piensa en voz alta:

—Mi niño chico, por qué será que con cualquier cosilla que le vistas parece un príncipe.

Y como tampoco es tonta y ve que yo me quedo como esperando algo, pues añade:

—No te pongas celosillo, tonto, ya verás cuando seas mayor y te puedas poner lentillas, y crezcas, y adelgaces un poco, y te dejes de arrancar la ceja cuando estás nervioso... Ya verás, no vas a parecer tú, te las vas a llevar de calle.

Y encima no me puedo enfadar porque es justo cuando mi madre me dice esas cosas uno de los pocos momentos en que no me está riñendo; qué va, al contrario, hay veces que hasta me está dando un beso y peinándome la ceja izquierda con su dedo mojado en saliva (es que la ceja izquierda me la arranco cuando me pongo de los nervios). Y yo me dejo que me dé esos besos, y mientras me los está dando y me está diciendo cosas, a mí se me pone una sonrisa de tonto como si me estuvieran diciendo cosas buenas, pero luego, según vamos por la calle yo y el Imbécil, me pongo a pensarlo y pensarlo, y caigo en la cuenta de que en el fondo me ha puesto verde una vez más y no sé por qué me entran ganas de pagarlo con el Imbécil. Bueno, sí sé por qué, porque con mi madre no me atrevo. Y ha habido veces, lo voy a confesar públicamente, que, después de que mi madre me dijera esas cosas que parecen buenas pero que en realidad son malas, me ha entrado una rabia tan terrible que, sin venir a cuento, le he pegado un empujón al Imbécil, pero como el Imbécil es tan raro y me admira y nunca piensa que yo sea un hermano atravesao y retorcido, se cree que el empujón ha sido de broma, como tantas veces que nos damos empujones, y va el tío y, partiéndose el pecho de risa, se levanta del suelo y me lo devuelve. Y claro, son de esos momentos en que ni tu propio rival se entera de que le tienes una manía horrible, ni tu madre de que te ha insultado, y a mí me encantaría irme derecho al despacho de la *sita* Espe, la psicóloga de mi colegio, y contarle mi gran trauma, pero ya te dije que la psicóloga no me quiere ni ver, que prefiere codearse con niños abusones y macarras como Yihad. Es una psicóloga extraña, sólo la gustan los pacientes violentos, y no como yo, que, encima de que siempre me pegan, cuando estoy muy nervioso me arranco mi propia ceja, y cuando por fin decido hacer el mal y le doy un empujón al Imbécil, me toma a cachondeo.

Supongo que cuando sea mayor tendré que ir a un psicólogo de esos a los que hay que pagar y que me dará por fin la razón cuando le cuente todos estos feos que me están haciendo (la gente que me rodea en general).

Pero aunque ya sabía que el Imbécil es más guapo que yo, porque me lo llevan diciendo desde el día en que nació, yo tenía la esperanza de superarle en una cosa, sólo en una: había una chica de mi clase que estaba por mí. Bueno, sí, todo el mundo sabe que esa chica es Melody Martínez, y Melody no es precisamente la tía que tiene más éxito entre las niñas de mi clase, porque nos saca una cabeza a todos los chicos (bueno, a mí y a Mostaza nos saca dos), porque lleva calcetines con sandalias, porque es bastante burra y porque la tenemos bastante miedo, por si se enfada y nos da una patada. Yo la tengo miedo, no a que me vaya a pegar, porque, ya se sabe, está por mí. La tengo miedo porque me hace quedar en ridículo delante de mis compañeros y me defiende de los que se meten conmigo y me hace quedar como un gallina.

A mí me hubiera gustado más que la que estuviera por mí fuera Susana Bragas-Sucias, que se parece un poco a Cameron Díaz (más guapa la Susana), pero la Susana lleva años sin decidirse, desde que íbamos todos juntos a preescolar, y yo, personalmente, ya me he hartado. Yo sé que mis compañeros se ríen de mí porque Melody, la caballona, como la llama Yihad, me persigue y hace todo lo posible por salvarme si jugamos a un rescate, o, por ejemplo, un ejemplo, si cuento un chiste, tiene que hacer como que se parte el pecho, cuando todo el mundo sabe que a mí no se me da bien contar chistes, y yo preferiría que dijera como mis amigos: «¡Qué maaaaalo, Manolito!» Pero no, ella hace como que se mea y se tira de espaldas como una loca, que a mí me da hasta vergüenza que se ría alguien así de un chiste mío.

Pero de todas formas, aunque no haya tenido mucha suerte con la niña a la que le gusto, yo creo que, en el fondo, todos me envidian un poco porque ninguna tía de mi clase le ha soltado a ninguno de mis amigos así tan sin cortarse ni un pelo eso de «estoy por ti», y claro, eso me da a mí una superexperiencia que todos mis amigos se mueren de envidia podrida aunque lo disimulen. Lo sé porque de vez en cuando se les escapa preguntarme si es verdad lo que va diciendo Melody, eso de que me dio un beso en el portal y de que me llamó la otra noche a mi casa pasadas las once. Y yo procuro poner la sonrisa más enigmática que tengo y les digo una frase que he oído muchas tardes en las películas de problemáticas humanas que ponen en la tele:

—Prefiero no hablar de eso.

El Imbécil sabe la verdad, sabe que Melody se coló conmigo en el portal aunque los dos (yo y el propio Imbécil) empujábamos la puerta para cerrarla y dejarla fuera con todas nuestras fuerzas, pero ella, la caballona, tiene más músculos de los que nosotros tendremos nunca en la vida y pegó un empujón que nos tiró de espaldas contra el cactus que puso la Luisa en la entrada, porque la Luisa es la presidenta y manda sobre todos nosotros y se empeñó en poner un cactus porque los cactus no necesitan ni sol ni agua ni que nadie les dé los buenos días, y el cactus se ha hecho así de grande, que parece un cactus del desierto salvaje y cada dos por tres un vecino se tropieza con el cactus y tiene que ir a urgencias porque se le ha clavado una espina mortal. Ya digo, yo y el Imbécil nos caímos de culo en el cactus y al Imbécil se le pinchó una púa de esas en el culo, y mientras yo se la quitaba la Melody aprovechó para colarse.

Era el Día de los Enamorados y Melody había anunciado en el patio que pensaba darme un beso. Comprenderás que no iba a dejar que lo hiciera allí, en el colegio, delante de todo el mundo, así que me pasé el recreo en el váter, más aburrido que una ostra, aunque el Imbécil me encontró después de buscarme desesperadamente, como hace todos los días (si no me ve, se pone a llorar), y me dio la mitad de su bocadillo. Del váter me volví a clase, y cuando sonó la sirena para irnos a casa, salí corriendo y me encontré con el Imbécil en el quiosco del señor Mariano, tal y como habíamos acordado en nuestro plan para librarnos de M.M. Pero Melody no estaba dispuesta a dejarme escapar: nos siguió corriendo hasta el portal y, después del empujón, me agarró de la cara y me quiso estampar un beso en los morros, pero yo me retiré a tiempo y le puse la nariz, porque en los morros, la verdad, me daba un poco de asco. Aunque sé que hay gente que lo hace, porque lo veo todos los sábados en el

Parque del Ahorcado cuando se van los mayores a darse el lote, que se ponen todos detrás del Árbol del Ahorcado, que es el único árbol que hay en mi parque y, claro, si te interesa, estás al tanto de todo lo que hacen. Y a Yihad, a mí y al Orejones nos interesa bastante y hay veces que nos sentamos en el banco del parque en invierno a las siete, que ya es de noche, y nos helamos de frío, pero nos quedamos, y Yihad dice que algún día seremos nosotros los que estemos detrás del Árbol del Ahorcado y yo, la verdad, no termino de creerme eso de que algún día estaré quedándome congelado con Melody dándome un besito aquí y otro allá.

Yo le dije al Imbécil que no se le ocurriera contar nunca, nunca que Melody se me había abalanzado, y subimos a casa, yo rojo de vergüenza, y mi madre dijo eso de «qué raro, qué raro está este chico».

Estaba raro, pero además es que soy raro, porque después de huir de Melody, después de la vergüenza que pasé por gustarle tanto, luego, después de esos momentos de alta tensión ambiental, no sé qué mosca me picó que me pasé la tarde dándole lecciones al Imbécil sobre las tías y mis experiencias. Y el Imbécil me miraba como si estuviera viendo a un ser sobrenatural. Era uno de esos momentos en que no me importaba reconocer que era más feo que él, porque me sentía como el típico feo con éxito. Si esto era así con diez años, pensaba yo para mí mismo, qué pasaría cuando tuviera veinte.

Íbamos al día siguiente camino del colegio y yo le iba diciendo al Imbécil que lo que la gustaba a Melody de mí era mi gran personalidad, que no era un bestia como Yihad, ni un niño mimado como el Ore, que yo era un tío con gancho. Por la cara con que me miraba el Imbécil, yo estaba seguro de que me admiraba bastante. Pasábamos por el portal de Mostaza y la Melanie, la hermana pequeña de Mostaza, y en ese momento la Melanie y Mostaza salían. Mostaza me dijo:

—¿Qué, te dio por fin Melody el beso del Día de los Enamorados?

Yo le dije que me dejara en paz, y fue al oír lo del Día de los Enamorados cuando Melanie se quitó el chupete, se paró delante del Imbécil y, sin decir nada, le arrancó al Imbécil el suyo, le agarró la cabeza y le dio un beso en todo el morro. Yo pensé que el Imbécil se iba a cortar, pero el Imbécil el tío ni se apartó. Me miró como pidiéndome permiso para llevar a cabo todas las enseñanzas que yo le había dado la tarde anterior, y le devolvió el beso a la Melanie, y la Melanie se lo devolvió a él, y hubo un momento en que tuvimos que separarlos porque, no sé tú qué pensarás, pero con cuatro años que tiene el Imbécil me parece un poco pronto para esas superexperiencias, y además, qué fuerte, en un momento se había comido más roscas que yo, que le doblaba la edad. No sólo era más guapo que yo, encima, tenía más éxito y ahora era un experto. Le iba a dar un empujón de rabia, pero me lo ahorré. Para qué, si es un niño extraño que me quiere aunque le empuje.

Esa noche, que era viernes, el Imbécil se vino a mi cama. Es que los viernes es el día que llega mi padre a casa. Y como se van por ahí de bares hasta las tantas le dicen que duerma conmigo. Pero además, ese viernes nos habían dado las vacaciones de Navidad y era el viernes mejor de nuestras vidas. Los viernes, con el Imbécil en nuestra terraza de aluminio visto, es imposible dormirse, porque se pone como loco, y se pasa un rato con mi abuelo y luego se viene conmigo y le da la risa y se pone a hablar en la oscuridad cuando nos estamos quedando dormidos y mi abuelo dice que qué rollo de niño. Pero esa noche, con todas las vacaciones por delante y todos los regalos que nos estaban trayendo los Reyes que ya estaban camino de Carabanchel, yo tampoco podía pegar ojo. Esa noche, el Imbécil quería enseñarle a mi abuelo cómo le había agarrado la Melanie para darle un beso y me agarraba a mí de la cara y yo le decía que ni se le ocurriera darme el beso a mí, y entonces el Imbécil se lo enseñaba a mi abuelo con un cojín, y mi abuelo y yo teníamos que quitarle el cojín de delante de la cara porque se emocionaba con el cojín y nos daba miedo de que se ahogara a sí mismo por esa pasión que le entraba. Ese viernes en que el Imbécil no se dormía, aprovechando que mis padres estaban en los bares, nos disfrazamos, yo de pastorcillo y él de oveja, y le hicimos a mi abuelo toda la actuación. Teníamos que despertarlo de vez en cuando porque se nos quedaba dormido. Luego también le hicimos del Orejones cuando estaba recitando y le dieron los apretones de la muerte. Y luego hicimos del Alcalde de la Capa y jugamos a que el alcalde salvaba a los niños que se tiraban por el Viaducto y a las ancianas a punto de ser atropelladas y a los camioneros que iban a tener un accidente, aunque mi abuelo dijo que ese juego no le gustaba nada, pero nada de nada.

Esa Navidad iba a ser la más importante de nuestras vidas, aunque ninguno de nosotros lo sabíamos todavía, y menos el Imbécil, que vivía en el mundo mundial de la felicidad. El Imbécil se había pedido otra Barbie para jugar a los bolos con ellas, y se había pedido tres dinosaurios, incluido el *Tyrannosaurus Rex*, que es su favorito, y se había pedido el barco pirata de los Legos, porque le gusta que mi padre se ponga a montar el barco pirata todo el día de Reyes y lleguen las tres de la mañana y no haya terminado. Es un niño sádico. Y se había pedido un juego de magia porque dice que le gusta ser mago. Se pone un trapo de la cocina encima de la cabeza y luego se lo quita y dice que ha desaparecido y nosotros tenemos que hacer como que no le vemos, y el pobre se lo cree y yo le tengo dicho a mi madre que algún día hay que decirle la terrible verdad, no vaya a ser que un día del futuro, cuando sea mago de verdad, haga el truco ese de la desaparición y el público responda violentamente. De momento, los Reyes le trajeron su juego de magia y ahora hace que desaparece en vez de con el trapo de cocina con un trapo de seda negro que venía en la caja y se da con la varita mágica en la cabeza unos golpazos antes de descubrirse la cabeza. Es bastante emocionante.

Mi abuelo se había pedido una radio porque en la suya ya sólo se oyen las interferencias, aunque decía que sólo le traerían una bufanda porque pensaba que con él los Reyes nunca tenían ni un detalle. Pero se equivocó, porque le trajeron su radio con cascos incluidos y desde entonces mi abuelo siempre está con los cascos y no se entera de nada, ni oye el timbre de la puerta, ni el del teléfono, ni cuando le llama el Imbécil para que le saque de la bañera porque ya está arrugado como un garbanzo. Y mi madre dice que en qué hora le traerían los Reyes esa radio y esos cascos.

Y a mí me trajeron una goma nueva para las gafas y unos calcetines y unos calzoncillos. Pero sobre todo me gustaron los juegos de la PlayStation y el juego de la cueva del terror, y un discman, que era la ilusión de mi vida, con sus supercascos, y des-

de entonces me pongo los cascos y no oigo ni el timbre de la puerta ni el del teléfono y mi madre dice que vaya idea que tuvieron los Reyes con semejante regalo. Y en casa de la Luisa nos trajeron, como todos los años, un puzle superpedagógico de 1.500 piezas, y la Luisa y mi madre se pasaron toda la tarde haciéndolo sin dirigirle la palabra a nadie, y Bernabé y mi padre montando el barco del Imbécil, y así pudimos bajarnos yo y el Imbécil al banco del Parque del Ahorcado donde había otros chavales, Yihad, el Ore, Mostaza, etcétera, que habían dejado a sus padres y a sus madres haciendo barcos y puzles.

Yo puse el discman y le di un auricular al Imbécil y otro me lo puse yo. Hacía bastante frío y todos, mis amigos y yo, estábamos superapretados en el banco. Todos estaban pensativos porque dentro de dos días tendríamos que verle la cara otra vez a la *sita* Asunción. Pero yo estaba más superpensativo que los demás porque sabía una cosa que no sabía nadie, y menos el Imbécil. Mi madre me había dicho una cosa bastante extraña. Me había dicho que, a lo mejor, sólo a lo mejor, había dicho, este año que empezaba teníamos, a lo mejor, sólo a lo mejor, otro niño, o en su defecto, niña, en la familia García Moreno. Me había pedido que no se lo dijera al Imbécil, porque era a lo mejor, sólo a lo mejor, y había que saberlo seguro. Así que me había dicho mi madre que, de momento, era un secreto entre yo y ella. Pero yo sabía que si mi madre me había dicho eso era porque todos lo sabían, la Luisa, Bernabé, mi abuelo, mi padre, todos lo sabían ya, porque yo no soy tan superimportante para mi madre. Y me dio pena que el Imbécil fuera el último en enterarse (del secreto). Estuve por decírselo, pero pensé, vamos a dejarle que tenga algún mes más de felicidad, porque dentro de poco dejará de ser el niño de su mamá, el niño de la cuna gigantesca, el niño más gracioso de la infancia. Además, el tío, de estar tan apretado contra mí en el banco, con el gorro puesto hasta las cejas, moviendo el chupete a toda velocidad y escuchando una canción romántica de Chenoa, se me había quedado dormido.

NOTA

Espero que los lectores disculpen los errores gramaticales y otras incorrecciones que aparecen en el libro. Tanto los editores como yo hemos querido ser fieles a la voz del personaje. Puede que, con unos años más dentro del sistema educativo, Manolito supere estos fallos. De momento, entendemos que conforman su personalidad literaria.

ÍNDICE

- **13** La vergüenza de Madrid
- **25** El Orejones sabe recitar
- **39** La oveja y el pastorcillo
- **51** El rebaño del Imbécil
- **65** Ovejas clónicas
- **77** Tensión ambiental
- **89** El hombre de la casa
- **99** El momento de la verdad
- **111** Un niño santo y un alcalde emocionado
- **123** El Imbécil tiene un don
- **133** Las superexperiencias del Imbécil

- **155** *Nota*

Impreso en Huertas Industrias Gráficas, S. A.
Camino Viejo de Getafe, 60
Pol. Industrial El Palomo
28946 Fuenlabrada
(Madrid)